KB199004

당신에게

글·그림 주또(이주영)

무해한 사랑을 보내요

사람에게 상처받고 사람을 통해 치유받는 우리.
"그럼에도 불구하고 사랑은 우리를 살아가게 할 테니까요"

FOREST
WHALE

들어가며

사랑은 우리를 힘들게 하지만 사실상 우리는 사랑 없인 도저히 버틸 수 없는 삶을 살고 있노라고, 인정하고 고개를 숙이게 되는 날이 대부분이었어. 나 역시 마찬가지야. 사람과 나눈 무수한 감정들 중 단연 사랑을 통해 상처받고 데이고 다시는 돌아오지 않을 땅굴을 파기도 한다만… 그럼에도 불구하고 결국 다시 날 세상 밖으로 이끌어준 건 누군가의 따뜻한 손길, 알맞은 온도의 밥 한 끼, 무심코 위로 삼게 되는 말마디들, 이런 것들이었거든.

나는 외로워지는 시간엔 너의 필체로 가득한 편지를 꺼내 읽어. 내가 고맙다는 말을 쑥스러워 전한 적이 있던가, 가물가물하다. 에둘러 말하자면 나도 한 번쯤은 너처럼 누군가의 인생에 위로가 되고 싶어.

그래서 쉼 없이 적게 되는 것 같아. 비록 감히 너의 다정을 흉내나 낼 수 있으려나 갸우뚱하겠으나, 계속할 경우 언젠가 언저리엔 가닿는 때가 있을 테지.

네 말을 빌려 사랑에 힘이 있다고 장담하고 싶다. 사랑으로 인해 무너진 사람도 일으킬 수 있는 사랑의 힘. 사랑에게 지지 않는 사랑. 이런 걸 믿어도 되나 싶을 정도로 말이야. 그럼 이제 오늘 하루도 무탈하길 바라. 끼니 잘 챙겨 먹고.

추신, 무해한 사랑을 보내.

2024년 9월 18일 수요일
불행의 매 순간 힘이 되어준 이들에게

차 례

2부 미움보다는 사랑을

3부 사랑은 취향이 되어

1부

사랑할 힘

사람은 사람에게 상처받고
사람에게 치유받는다

약해질 때마다 떠오르는 인물이 존재한다. 이 사람이 내게 어떠한 커다란 위로라든가 관심과 정성을 쏟아주진 않았는데 그럼에도 불구하고 심하게 슬퍼지거나 우울의 절정을 달리고 있을 때 불현듯 떠올라 더욱 그리움이 사무치는 것이다. 이런 날이면 작고 희미한 주황 불빛 조명 하나에 의지한 채 침대에 벌러덩 누워 하염없이 상념에 잠긴다. 어둑한 분위기의 방안이 내 감성과 퍽 잘 어울려 심적 안정감을 안겨준다. 빙글, 몸을 돌려 낮은 간이 책상 위 널브러져 있는 책 한 권을 손에 든다. 밑줄 그은 문장들을 다시금 읽어본다. '존재만으로 사랑할 수 있는데 그런데 왜 소유하는 것부터 배울까.' 되뇌다가 덮어둔다.

눈이 나빠진단 야단에도 형광등 불빛은 도무지 내 취향이 아니라며 한사코 스위치를 누르지 않고서 고집을 부린다. 안 그래도 좋지 않은 시력이 더욱 떨어지고 있는 참이다. 최근엔 난시 판정을 받기도 했다. 모든 사물과 사람의 이목구비가 번져 보이는 것. 이상하게 들릴 수도 있겠다만 나쁘지 않다. 살면서 굳이 굳이 선명하여 좋을 건 그다지 없었다. 아니 여태 발견하지 못했다.

사람도 사물도 풍경도 글자도 뿌옇고 흐려질수록 내겐 되려 낭만이었다. 그래서 시력이 0.1이나 안경을 잘 들고 다니지 않는 까닭이기도 하다. 모든 것이 불분명하고 경계가 모호하다. 안경을 쓰지 않은 채 영화관에 가 영화 한 편을 다 보고 나올 수 있을 정도로 익숙해졌다. 이젠 반대로 또렷하고 선명하여 자명해질 경우 내겐 너무 큰 자극으로 다가와 불편해질 듯하다. 전반적인 삶 자체가 흐리멍덩하다. 좋아하는 사람의 얼굴도 찡그리지 않으면 명확히 분간해 내기 어려울 지경으로.

사람은 왜 사람 때문에 약해진 날에도 사람을 떠올려내는가? 사람에게 상처받고선 사람을 찾아가 데인 곳을 어루만져 달라며 낑낑거리는가? 어떤 때는 집에 있음에도 집에 있는 것 같지가 않다. 오히려 바깥에서 특정한 인물을 만났을 시 그곳이 곧 집 같다. 사람과 사람 사이의 간격을 수차례 골몰한다. 누구에게나 동일한 간격을 둔다고 가정했을 때 왜 몇몇은 불만과 서운함을 품고 몇몇은 만족감과 안정감을 느끼는 걸까?

저마다 침범받고 싶지 않은 일정한 공간이 있다고 한다. 이를 퍼스널 스페이스(Personal Space). 즉 개인 공간이라고 한다는데, 이를테면 낯선 사람이 가득한 공간. 버스나 지하철에서 한 칸씩 띄운 채 띄엄띄엄 앉는 것과 엘리베이터 안에서 옹기종기 붙어 서 있기보다는 적정 거리를 확보하여 모서리, 꼭짓점에 자리를 잡고 있는 것이 이에 속한다고 한다. 어떠한 주장에 따르자면 각자의 정도 차이만 있을 뿐이라고.

사람은 자신이 생각한 것 이상으로 상대와 가까워질 시 부담감을 느끼게 되어 거리를 두게 된다. 건강한 인간관계를 이어가기 위해 상대의 퍼스널 스페이스(Personal Space)를 파악할 필요가 있다. 한데 간혹가다 그 이상을 침범하고 요구하고서 자신과 맞지 않는다며 '잘못된 사람' 취급을 하기도 한다. 여간 슬픈 일이 아닐 수가 없다. 나 역시 그러한 적이 잦았다. 과거 경험을 토대로 사람과의 간격을 더 벌려둔 면이 없잖아 있긴 하다. 다만 진심이 아녔다고 부정당할 순 없다고 생각한다. 마음과 거리가 비례한단 의견에 동의할 수는 있으나 자신에 대하여 남김없이 공개하여야 한단 면에선 다소 동감하기 어려운 점이 있다.

한동안은 날 안다는 게 슬프게 여겨질 적이 있었다. 하나 점차 시간이 흐르고서 깨달은 건 날 안다는 건 타인에게 나를 해할 무기를 쥐여주는 꼴처럼 느껴졌다. 대부분의 사람이 그랬다. 나를 알 경우 나를 아프게 했다. 처음엔 그러지 않았다. 영원인 양 손을 꽉 쥐었다. 그러다가 손톱을 세워 생채기를 내는 건 눈 깜짝할 사이 방심한 틈을 타서였다. 그렇기에 경계해야 했다. 나를 알려주지 않고 누군가를 딱히 궁금해하지도 않아야 했다.

이제야 이해가 되는 말 중에 사람은 소유하려 해서는 안 된다는, 따끔한 일침이 있었다. 난 누군가를 굉장히 사랑하여 그의 일거수일투족을 알고자 했다. 작은 일에도 크게 반응하여 불같은 질투를 했고 그로 인해 다 타버린 건 다름 아닌 나 자신이었다. 그는 이전부터 이러한 날 알고 일러준 거일 수도 있겠다. 한참이 지나와 이해가 되는 말로 인해 나는 그때 알았어야 더 잘 살 수 있었을 것 같다고 토로한다. 하지만 후회는 하지 않는다. 경험이 있었기 때문에 배움이 있는 거일 테니까.

안경을 바로 쓰지 않아 변함없이 흐리멍덩하다. 저만치 떨어져 있는 간판의 글씨는 알듯 말듯하다. 사람과 사람 사이 간격도 그런 게 아닐까? 알듯 말듯할 때 알고 싶어지고 너무 많은 걸 알려줘버렸나, 불안하지 않고서.

그러나 이 모든 걸 뛰어넘어 그럼에도 불구하고 내 모든 걸 여전히 알려주고픈 이들과 알려주기 바쁜 이들이 존재한다. 난 이들이 오랜 시간 내 경계를 허물기 위해 노력해 줬단 점을 인지하고 있다. 나의 안식처. 이리저리 치이고 지쳐 전부를 포기하고 싶었을 적에도 돌아가고 싶은 것은 당신들 곁이었다고, 고백하고자 한다.

다양한 사람들에게 데었다. 다른 유형의 사람들도 아녔던 거 같다. 성향이 달라 상처를 주었다고 하기엔 너무 무책임한 방관인 것 같다. 지난날의 데이터를 기반으로 성큼 다가오는 이를 기피한다. 여러 무리는 가급적 피한다. 이게 나를 지키기 위한 공간이야, 선을 긋고 그 앞에 쪼그려 앉는다. 그러하면 다수는 콧방귀를 뀌며 뒤돌아가고 소수는 남아 같은 자세를 취하곤 말없이 손만 내밀어 준다. 언제든 네가 잡고 싶을 때 잡으란 의미이다. 네게 준비할 시간을 줄게. 나를 존중한다.

난 이들의 반듯한 다정에 시간이 조금 걸릴지라도 끝내 마음의 문을 연다. 이들은 내게 동그라미다. 잔뜩 모난 세모나 네모 축에 끼는 나와 달리 누구도 다치게 하지 않는 동그라미. 난 동그란 이들 품에 산다. 운이 좋다. 이들에게 보답하고자 삶을 대하는 태도에 있어 최선을 다하고자 한다.

흐리멍덩한 것들 사이에서 이들의 진심은 가장 선명하다.

나쁘지 않다. 약해져도 죽진 않을듯하다.

상아

상아는 늘 부러움의 대상이자 가장 친한 친구이
다. 초등학교, 중학교, 고등학교를 전부 함께 졸업
했다. 학창 시절을 얘기하자면 상아가 빠질 수 없었
다. 상아는 어린 시절부터 똘똘하고 영리하며 제 할
말을 조리 있게 잘하는 아이. 어떠한 난관이 생기든
간에 혼자서 척척 풀어나가는 아이. 시험공부를 하
더라도 상아는 요령껏 문제로 나올법한 것들을 쏙
쏙 뽑아내 공부를 했고 반면 난 그런 능력이 부족
해 교과서를 아예 통째로 외우는 쪽이었다. 상아는
나보다 키도 작으면서 더욱 커다랗고 강단 있었다.
내가 하지 못하는 것들을 서슴없이 해내고 이해하
지 못하는 것들을 이해시켜 줬다. 좁은 나의 시야에
비해 상아의 시야는 넓었다. 그래서 나는 내 세상을
버려두고 너의 세상을 보고 싶은 적이 더러 있었다.

난 불안을 달고 살았다. 평생을 불안정한 모양새로 아슬했고 위태로웠다. 그리고 그런 나를 네가 옆에서 지탱해 줬다. 내가 "난 이상한가. 이상한 걸까."할 때마다, "닥쳐."로 입을 막았다. 뒤이어 "네가 이상한 거 아니야. 다른 사람들이 이상한 거야." 달콤한 말로 나를 잠재웠다. 토닥토닥해 줬다.

스무 살 초반. 작은 몸집으로 술에 만취한 나를 둘러메고서 집까지 데려와 신발을 벗기고 방 안에 눕힌 뒤 유유히 돌아갔다. 하루가 멀다 하고서 부정적인 것들을 토해내는 내 입가를 닦아내고서 토사물이 묻을까 머리를 묶어주었다. 감정을 못 이겨 울면서 뛰쳐나올 경우 슬리퍼를 질질 끌며 나와 반갑게 맞이해주었다. 어디든 있었다. 너는 어디서든 나를 반겨주었다. 때로는 엄마 같았고 때로는 언니 같았으며 때로는 동생, 친구 등등 뭐든 되어주었다. 너랑 있으면 한결 나아졌다. 요동치는 감정들이 거짓말처럼 조용해졌다. 너는 시끄러운 나의 마음속을 지휘해 아름다운 선율을 만들어냈다.

나는 너에 대해 모르는 게 없었으면 싶어 나의 모든 것들을 불어버렸다. 나를 제일 잘 아는 사람이 너이기를 바랐고 너를 제일 잘 아는 사람 역시 나이기를 원했다. 네가 다른 누구와 더 친해 보일 시엔 괜스레 질투가 나기도 했다. 너랑 멀어질 시기엔 서러워졌다. 너를 일등으로 생각하는 나처럼 너 또한 나를 일등이라 여겨주길 어린 마음으로 소망했다. 나의 전부를 아는 네가 없어질 경우 덩달아 내가 없어질 거였다. 너는 내가 겪어온 모든 좌절과 슬픔, 절망, 행복, 사랑, 기쁨을 아는 사람. 그런 사람 이전에도 이후에도, 과거에도 미래에도 너 하나면 족하다. 세상이 나를 등 돌려도 너만은 그러지 않았으면 좋겠다. 다른 어느 누가 나를 별로라 할 때엔 고작 며칠 앓고 말 테지만 만일 네가 그러면 난 평생을 괴로움에 살듯하다.

난 가끔 나를 혼내고 나를 타이르고 나를 웃겨주며 나를 경청해 주는 네가 무척이나 소중하다. 서로 상처를 공유하고 위로하며 살아가는 우리가 자랑스럽다. 어딜 가든 가장 친한 친구가 누구냐는 질문에 단 일초의 고민도 없이 너라고 답한다. 이건 영원히 변함없을 답변이었으면 싶다.

난 오늘도 네게 즐거운 일들만 넘쳐나기를 기도한다. 너를 슬프게 하거나 화나게 하는 것들은 죽어도 마땅하다. 너의 가치를 알아주는 이들과 살아가자.

너는 나를 버리지 마. 너만은 그러면 안 돼.
너와 할머니가 되어 싸우는 상상을 한다.

"너를 잘 모르는 사람들이 하는 얘기는 듣지 마. 상처받을 필요도 없어."
네 말을 끌어안고 잠든다.

오래된 노래처럼 당신을 좋아하고

당신과의 대화는 언제나 날 민낯으로 만들어 솔직함을 떠들도록 한다. 당신을 마주한 나는 위로받고픈 심정이라기보다는, 단순히 이야기를 하고픈 마음에 가깝다. 나른한 표정으로 당신께 남들은 모르는 나의 악한 감정 혹은 홀로 한 선행을 실토하고 나올 때면 너저분했던 속내가 일순간 정갈해짐을 느낀다. 당신에게 무슨 힘이 있는 건, 아닐까 골몰하며 해가 저문 밤기운을 만끽한다. 화려한 네온사인과 시끌벅적한 인파 속에서도 당신을 떠올릴 경우 고요해진다. 한결같이 담담한 표정과 시종일관 일정한 톤의 목소리.

"제가 또 책을 낼 수 있을까요?" 푹신한 빈백에 앉아 손을 바삐 움직이며 물었다. 돌아오는 대답이 어떠할지는 대략적으로 가늠이 갔다. "그럼요. 20대 때 냈으니까, 이제 30대에 내면 되겠다." 한데 그럼에도 불구하고서 상상한 문장을 직접적으로 귀를 통해 들으니 포근함이 두 배가량 뛰었다. 무척이나 따뜻해서, 하마터면 오래 그 얼굴을 들여다보고 싶어질 뻔했다. "30대에는 좀 더 성숙한 글을 쓸 수 있겠죠?" 건너오는 끄덕거림이 위안이었다. 당신은 내가 가진 고민거리를 언제든 별것 아닌 일로 뒤바꿔주었다. 이러한 것도 마법이라 할 경우 과연 마법사가 아닌가, 바보 같은 농담을 건네려다가 말았다.

좋아하는 어른의 상이 뚜렷한 편인데 당신은 단언컨대 해당되는 면이 전부였다. 알게 된 지 며칠 되지 않았을 적부터 느꼈다. 어딘가 통달한 듯한 분위기, 감히 지나온 삶을 알고파졌다. 차곡히 내공이 쌓인 느낌이랄까. 당신 앞에선 구태여 눈치 볼 일이 없어 좋다. "제 앞에선 나긋해지는 것 같아요." 정확히 나를 콕 집은 말이었다. 평소 사람들 사이에 있을 경우 겉보기와는 달리 속 안이 잔뜩 경직되어,

일부러 더 활발하게 구는 경향이 있다. 그러다, 이
토록 좋고 편안한 사람을 만날 시엔 한껏 풀어져 부
드러워지고 나른해지며 템포가 확연히 느려진다.
이게 가장 나답다고 여겨진다.

어느 날은 당신을 무척이나 닮고 싶어서, 당신이
하는 말마디들을 따라 하고 당신이 듣는 음악을 따
라서 들었다. 그러하면 당신과 얼추 비슷한 내가 된
것 같아 한시름 놓을 수 있었다.

잇따라 고백하자니, 난 당신이 날 흠씬 귀여워하
는 눈 맺음이 좋다. 정말이지 그 찰나마다 내 이야
기를 하고픈 충동이 일어난다. 그간 겪어온 무수한
사연들을 남김없이 떠들어도 당신은 그저 날 있는
그대로 받아주며 결코 떠나지 않을 듯하단 착각에
해롱이게 된다. 그리고 착각이 부디 틀리지 않았기
를 바라게 된다.

나는 당신을 존경하고 좋아한다.
오래된 노래처럼.

네가 있어 나는 또 하루를
살아낼 수가 있다

내가 기복이 크지 않은 사람이라면 좋겠다. 당신이 힘들어할 때 가만히 곁에 가 앉아 담백한 위로를 건네줄 수 있는 사람이라면 좋겠다. 당신이 무거워하는 짐을 한달음에 달려가 함께 들어줄 수 있는 사람이라면 좋겠고 당신이 하는 말의 깊은 속뜻을 단번에 알아차릴 수 있는 사람이라면 좋겠다. 당신의 몸 상태나 하루 컨디션이 좋지 않을 적엔 조용히 물수건을 적셔 이마 위에 올려줄 수 있다면 좋을듯하다. 또한, 자주 미열을 앓는 나의 이마엔 언제나 당신의 손을 얹고 우리는 아무리 싸우고 토라지는 일이 있다 한들 결국엔 마주 앉아 평범히 밥을 먹을 사이라면 좋겠다.

나는 오늘보다도 내일 더 당신을 아끼고 사랑할 수 있는 사람이고 싶다. 내게 허락된 가장 특별한 행운이 당신이라도 좋겠다.

당장 죽는다면 누구에게 연락해야 할까

당장 세 달 안으로 죽음을 맞이하게 된다면 어떻게 해야 할까? 누구를 만나고 누구를 마지막 기억으로 삼아 눈을 감아야 할까? 드라마 '서른, 아홉'을 보며 상상했다. 등장인물 중 찬영이는 시한부 판정을 받고서 사랑하는 이들에게 사실을 고한다. 그들이 소식을 접할 때마다 무너지는 표정은 하나같이 다르다만 슬픔이 극에 달해 어쩔 줄 모르는 마음은 동일하다.

난 만약 시한부 판정을 받을 시 누구에게 가장 먼저 전해야 하나 골몰해 본다. 어떤 이는 가족에게, 또 다른 어떤 이는 애인에게, 또또 다른 어떤 이는 제일 친한 친구들에게 사실을 알릴 것이다. 아니면 혼자 묵언하고서 감당하다가 갈 수도 있다. 난 가장 먼저 제일 친한 친구 상아에게 알릴듯하다. 그러하고는 어떻게 이 사실을 가족들에게 아프지 않도록 전할 수 있을지 머리를 맞댈 것 같다. 사실상 아프지 않음이란 없을 거다. 균열이 일 다 못해 파괴되어 버릴 가족들의 얼굴이 벌써부터 훤하다. 그들을 아프게 한 내 몫은 죄가 될 수도 있겠다.

만일 죽는다면 내 장례식장에 찾아와줄 이들도 궁금해진다. 이따금 이런 상념에 사로잡혀 사람들의 얼굴을 뚫어져라 담아보는 거다. 내가 혼이 된 상태로 장례식 방문객들을 살필 수 있을까? 사후세계란 게 진짜 존재할까?

난 내 장례식에 와주는 이들의 손을 스쳐 지나고 싶다. 그들이 사는 동안 쥐었을 아픔, 고통, 슬픔, 좌절, 전부 내가 안고 떠날 수 있다면 좋겠다. 사람의 손엔 모든 게 있다 생각한다. 그래서 손금을 보는 걸까? 손금이 달라지는 경우도 있다 하더라. 사는 동안 손을 사용해 참 많은 걸 잡고 놓는다. 닿았다 떨어진 것들. 잔해와 흔적은 필히 손안에 기록되는 거다.

난 죽기 전 사랑했던 이들에게 정말로 사랑하여 즐거웠다 하겠다. 덕분에 감정이란 감정은 죄다 느껴보고 멎을 수 있는 듯하다며 감사를 표하겠다. 슬퍼 우는 이들의 어깨를 꼬옥 안아주겠다. 나의 체온이 오래 가진 않기를 바랄 거다. 그게 적어도 그들을 살아가게 하진 않을듯하여서다. 때로는 떠난 이들의 기억이 사라졌으면 한다. 남겨진 것들이 감당하기엔 매우 가혹하단 판단에서이다.

외할머니가 돌아가시던 날을 되새겨본다. 차가운 시신이 되어버린 외할머니의 손을 잡았다. 놀랍게도 온기가 되살아나는 듯한 착각을 받았다. 난 솔직히 그때 외할머니가 불쌍하지 않았다. 엄마가 불쌍했다. "이제 엄마는 엄마라고 부를 사람이 없어." 하며 어린아이가 되어 울음을 터뜨리던 엄마가 불쌍했고 외할머니댁 앞마당에서 키우던 개를 붙잡고서 "너 인마 이제 누가 밥 주냐." 미세한 떨림으로 울음을 감추며 눈시울이 잔뜩 붉어진 아빠가 불쌍했다. 남겨진 이모와 이모부들이 불쌍했다. 추억을 간직하며 남은 생을 살아가야 하는 이들이 불쌍하여 불행해 보였다.

엄마는 여전히 외할머니를 그리워하신다. 아빠는 친할머니의 생신만 되시면 연거푸 술잔을 기울이시고 담배를 입에 무신다. 이러한 것들이 가엾다. 애쓰는 것들은 아프다. 우린 아프기 위해 살아가고자 하는 것이 아닐 텐데. 우린 누군가를 아프게 하기 위해 죽음을 받아들이는 게 아닐 텐데.

누군가를 해하는 사람은 벌을 받아 마땅하다. 난 그게 설사 죽음이라 한들 너무하지 않다 생각한다. 누군가를 일부러 죽이는 것들은 사람이 아닌 것이다. 누군가를 해하는 것들 역시다. 사랑하며 살아가기에도 모자란 세상이다. 한데 왜 뉴스에선 잔혹한 얘기들만 줄줄이 전해지는 것인지 분하고 애통하다.

현실이 무서워지는 날들이 있다. 차라리 내일 당장 지구가 멸망하기를 바라며 눈을 감는 날들도 존재한다. 그럼에도 사랑은 아끼고 싶지를 않아서 난 오늘도 사랑하고 내일도 사랑한단 말을 한다. 상냥

한 사람들만 사는 세상에 존재하고 싶다. 겉과 내면에 생채기를 내는 인물들이 배제된 세상에서 살고 싶다. 사람을 경계하지 않아도 되는 세상에서 두루두루 자유롭고 싶다.

난 내일 죽는다 하면 누구에게 전화를 걸어 얼굴을 마주해야 하나, 이름을 적어본다. 굳이 핸드폰 속 대화 목록을 살피지 않아도 떠오르는 인물들이 있단 건 어쩌면 감사한 일일 수도 있겠다. 그리고 그들이 내가 여태 숨을 붙이는 일에 힘을 주는 역할일 것이다. 잘해야 한다. 잘해주고자 한다. 함께 오래 살자.

일본에서도 사랑 타령을
할 수밖에 없었다는 건

멀리 와서도 네 생각밖에 나지 않았다. 비행기에 탑승하고서 벨트를 맨 뒤 가장 먼저 한 일은 메모장에 위와 같은 문장을 적은 것이었다. 그리고 말마따나 오사카로 떠나온 이박 삼일 내내 하나의 존재가 머릿속 위를 배회했다. 문장에 힘이 있나. 계획을 세우는 데에는 영 소질이 없는 편에 속했다. 그렇기 때문에 동행자에게 전적으로 맡기는 쪽이었다. 미룬다고 하기엔 뭐 했다. 안 해 버릇해서 그런 것일 수도 있겠다만 '계획'이란 말만 들어도 스트레스가 잇따랐다. 물론 그렇다 하여도 상대에게 의지만 하는 건 이기적인 심보일 수도 있겠다.

이번 여행도 마찬가지였다. 함께 가는 채원이 계획을 세웠다. 그녀의 공책 위 수기로 쓰인 장소들은 눈이 휘둥그레지도록 만들었다. 군말은 없었다. 불평불만도 없었다. 고분고분 잘 따르는 사람이었다. 그럴 수 있는 이유는 딱히 좋고 싫음이 분명하지 않아서인듯하다. 채원의 손에 이끌려 맛집에 가고 쇼핑하며 구경을 했다. 체력이 좋지 않은 나를 배려한 채원의 여유 있는 계획이었다. 맛집은 가는 곳마다 웨이팅 줄이 길었다. 첫날 첫 번째로 가려던 오코노미야키 가게엔 끝내 가지 못했다.

　사방에서 들려오는 일본어와 일본어로 쓰인 간판이 신기했다. 관광으로 유명한 터라 대부분 메뉴판에도 한국어가 쓰여 있었다. 한 오 년 전이었나. 그때 방문했던 도쿄와는 다르게 조금 더 한국과 비슷한 면이 다분했다. 현재 도쿄는 어떠한지 모르겠으나 말이다. 우리는 흔히들 필수 코스로 간다던 유니버설 스튜디오도 가지 않았다. 아쉽지 않았다. 사람 많은 곳은 질색이기에 이런 류의 한적한 거리를 걷는 게 좀 더 내 취향과 맞아떨어졌다. 채원을 잃어버리지 않기 위해 잰걸음으로 걸었다.

지난날 일본어 공부를 하여 일본에 살겠단 결심은 지워버린 지 오래이다. 당시 그래야겠단 까닭이 있었는데 사라져 버린 이유였다. 한순간에 식었다. 시시해졌고 일본어 공부를 하고자 했던 책을 닫아 버렸다. 다시 펼치지 않았다. 그럼에도 막상 일본에 오게 되니 이곳에 눌러 살고픈 마음이 드는 건 희한했다. 편의점 음식을 먹고 규카츠를 먹었으며 다코야키와 고기, 라멘 등을 먹었다. 도톤보리강에서 사진을 찍는 채원을 카메라로 담았다. 곁에 온 외국인이 핸드메이드 팔찌를 사라며 부추기는 탓에 흐름이 깨져버렸지만 말이다.

중간중간 사진을 찍었다. 할 수 있는 게 없지만 내겐 채원의 추억을 예쁘게 남겨줄 실력은 있다고 생각했다. 모두 카메라 장비를 잘 둔 덕분이었다만, 여하튼 그랬다. 우메다 공중정원에서 바라본 노을은 사람을 말랑해지게 돋우었다. 사람들이 삼삼오오 모여 난간에 달라붙어 있었다. 기분이 이상했다. 어찌 보면 작은 지구인데 나라가 나뉘어 있고 다양한 언어와 사람들이 존재한다는 게 새삼스럽게 느꺼졌다. 일본어로 대화를 하며 걸어가는 일본인 커플을 보며 당연하게 여겨지지 않았다. 다른 나라에 와서도 사랑을 발견할 수 있단 게 신기했다. 어느 나라든 사랑이 있단 게. 다른 언어로도 사랑을 말할 수 있단 게.

이렇게 멀리 와서도 사랑 타령이었다. 비록 비행기로 두 시간 채 되지 않는 거리이다만 더 멀리 가서도 난 사랑을 얘기하고 있겠구나, 했다. 대관람차를 타면서도 그랬다. 꼭대기에 다다랐을 때. 만약 여기서 잘못되는 사태가 벌어진다면 어김없이 누구의 번호를 누르고 있을지 상상했다. 장소 불문하고서 사랑 없인 시체와 다름없다.

채원에게는 이번 여행을 통해 하지 않았던 말을 하기도 했다. 정말 몇몇만 알고 있는 나의 옛이야기를 펼쳐놓았다. 채원은 덤덤하게 들었다. 잘 구워진 고기를 내 앞접시에 얹어주었다. 난 이런 채원의 따스함이 좋았다. 전에도 내가 사랑 때문에 펑펑 울던 시절. 사람 때문에 엉엉 울던 시절. 그리고 이번 자

첫 지독한 트라우마가 될 뻔했던 과거 경험의 이야기까지.

채원은 한결같이 덤덤한 태도로 듣고서 행동으로 위로했다. 예를 들어 내가 가지고 싶다던 이모티콘을 뜬금없이 선물해 준다거나 먹을 걸 사준다거나 하는 식으로. 채원의 위로 방식은 백 마디의 어떠한 말보다 무게가 있었다. 무심한 척하면서도 행동에서 묻어 나오는 다정은 무시할 수 없었다. 말랑해지고 뭉클해지기 일쑤였다. 다정함에 기대어 좀 더 시무룩하게 투정 부리고 싶어졌다.

여행 마지막 날. 채원과 편의점에서 산 치킨 두 조각과 피자 호빵, 과자들을 펼쳐놓고서 소감을 전했다. 채원은 내가 군말 없이 따라오는 건 좋았다만 너무 군말이 없었다며 솔직하게 털어놓았다. 그럴 수 있었겠다. 내가 이 여행에서 한 것이 없는 점은 사실이었다. 반성하고 고쳐야겠다고 생각했다. 뒤로는 웃고 떠들다가 밤이 늦어서야 잠에 들었다.

멀리 와서도 네 생각밖에 나지 않았다. 핸드폰에
적어둔 문장을 소리 없이 읽었다. 꿈에도 비추지 않
는 얼굴을 야금야금 갉아 먹었다. 한창 노느라 바빠
야 할 여행에서 줄기차게 따라붙는 얼굴이 있단 게
난생처음 축복이었다.

너는 우연히 마주한 봄날이어라

너를 작년 여름쯤 알았는데 벌써 올해 여름이 다 가오고 있다. 안 좋았던 해를 보내고, 그럼에도 행운을 꼽자면 널 알게 된 게 아닐까 싶어. 말하지 않아도 나를 알아봐 주고 작은 것 하나라도 챙겨주는 너의 따뜻한 마음씨에 고마움을 전한다. 그리고 나를 믿어줘서 고마워. 언젠가 네가 했던 말이 떠오른다. 사람을 믿으려면 100% 믿고 아니면 아예 아니라던 너의 말.

나는 너의 100%일까?

너를 알게 된 기간이 길진 않지만 난 너를 오래 안 기분이 든다. 항상 네가 잘되었으면 좋겠다. 묵묵히 응원해. 지난 아픔은 다 묻고 행복한 날만을 채워나가기를. 너의 성장은 언제나 봄이기를 바란다.

사랑을 게을리하고 싶지 않다

우연히 본 글에서 '너 이거 좋아하잖아'가 '사랑해'란 의미를 품고 있다고 하듯이. 어딜 가든 '네가 좋아할 거 같아서 샀어'라든가. 혹은 앞에 놓인 접시를 내 쪽으로 밀어주며 '네가 좋아하는 거잖아' 하는 다정을 좋아한다.

누군가 내가 즐겨 먹는 음식이나 극도로 취향으로 여기는 것들을 유심히 관찰해 뒀다가 챙겨주는 걸 느낄 때면, 그게 그렇게나 좋을 수가 없다. 섬세함이 똘똘 뭉친 다정을 한입에 넣어주는 것 같아 한없이 들뜨게 된다. 그리고 이 들뜸은 며칠이나 간다.

그래서 나도 덩달아 상대가 좋아하는 것들을 기억하고서 챙겨주고 싶어진다.

아무래도 사랑에는 재능이 없는 듯하다만, 그럼
에도 불구하고서 가능한 잘 사랑하기 위한 노력을
게을리하지 않고자 한다. 누군가가 좋아하고 싫어
하는 것들을 메모하는 습관을 들인다. 기억력이 나
빠 자주 까먹는 편인지라 짤막하게나마 적어두곤
기억을 상기시키려는 편이다. 그래서 그것들을 잘
챙겨주고 적정선을 지킬 줄 아는 사람이고 싶다. 행
동은 물론 입맛, 취향까지 그렇다.

길을 걷다가 우연히 발견한 줄 서 있는 디저트 가
게에 들러서, '네가 좋아할 것 같아서 사 왔어'하며
포장해 온 쇼핑백을 건넬 수 있는 사람이고 싶고 상
대가 불편해할 상황이나 입맛에 맞지 않는 음식을
앞에 두었을 땐 나서서 그것을 대신 해치울 수 있었
으면 한다.

또한, 날씨에 영향을 받아 기분이 달라지는 이에
게 알맞은 음악을 추천하거나 힘이 될 만한 글귀 등

을 보내주고 싶다. 누가 아끼는 사람을 아프게 하거나 상처를 주었을 적엔 배로 화를 내며 내가 다친 양 굴고 싶어진다. 그들을 나의 일부라고 여기기 때문이 아닐까 어림짐작해본다.

나는 좋아하는 이들을 더욱 잘 좋아하고 싶다. 유한한 계절과 시간 앞에서 그 마음을 숨김없이 마구 표현해 주고 싶다. 고백하건대 내가 돈을 번다는 건, 그들에게 베풀 수 있는 것들을 늘려가기 위함이다. 즉, 불현듯 들어온 도움 요청에 흔쾌히 수락할 수 있었으면 하고 깜짝선물로 일상에 소소한 설렘을 더해주고 싶다. 좋은 것들을 주고서 좋아하는 모습을 보고 싶다. 그걸로 만족하는 것이 나의 행복이다.

모쪼록 타지 않도록 너무 뜨겁지 않은 사랑과 과하지 않은 친절과 다정을 잘하고 싶다.

이 모든 것들이 좋았다

가벼운 농담도 진짜인 듯 반응하는 너의 순진함이 좋다. 누군가가 별 뜻 없이 건넨 작은 친절에 온 세상을 얻은 듯 기뻐하는 너의 천진함도 애정 한다. 사람한테 상처받고 온갖 수모를 다 겪었음에도 불구하고 다시금 사람을 믿어보려 노력하는 너의 용기를 칭찬하고 싶다. 어느 날은 본인의 기준에 벗어나는 상황 앞에서 미간을 찌푸리거나 덜컥 화를 내버리는 경우도 있다만, 그 안에서 분명히 자신이 사과해야 할 점과 반성해야 할 점을 인정하는 태도를 멋있다고 생각한다.

하루는 사는 게 버거워 화장실에 가 몰래 수도꼭지를 튼 채 눈물을 훔치거나 베개에 얼굴을 처박고서 소리 없는 울음을 쏟아낼 때도 있다. 울컥 치밀어 오르는 과거의 기억으로 인하여 사람이 많은 거리 안에서도 우뚝 걸음을 멈춘 채 '흐앙' 엄마를 잃은 아이처럼 목 놓아 울어버린 적도 종종 있다.

사람은 좋은 기억을 오래 간직하고 싶어 하는 경향이 있다. 나쁜 기억은 어서 빨리 잊어야 한다며 조급해지는 마음에 더더욱 상기되는 면이 없잖아 있는듯하다. 하지만 우리 어떻게 보면 좋았던 기억, 나빴던 기억, 전부가 있어 지금의 내가 완성된 것 아닐까. 좋았다면 추억. 나빴다면 경험이라며 성장에 한몫했을 것이라 여기고 훌훌 털어버리자. 마음 한편에만 둔 채로. 마냥 기쁜 하루만 계속될 수는 없는 노릇이다.

어쩌면 우리는 가끔 기쁘고 자주 슬프려고 태어난 게 아닐까, 싶어지는 순간이 대부분이다. 그러나 결국에 우리가 행복하기 위해서만 달리는 것이 아닌 주변에 놓인 소소한 만족감을 줍고 무거운 건 덜어내며 어찌어찌 잘 살아간다면, 훗날 되돌아보았을 때 '이 모든 것들이 좋았다'고 말할 수 있을 것이다.

괜찮아질 거라고 믿고 있어

현재의 넌 많이 지친 것 같다.

날씨가 좋은 날엔 노을이 지는 장면만 보아도 쉽게 감동을 하던 너는 이제 더 이상 하늘을 올려다보지 않는다. 길가에 놓인 꽃들에게 눈길을 주지 않고 살랑 간지럽히는 바람에 웃음 짓지 않는다. 구태여 사람들과 강변을 찾아가 돗자리를 펴놓은 채 음식을 시켜놓고 앉아 하릴없이 넋 놓다 오는 낭만도 즐겨 하지 않는다. 소소한 것들로부터 영향을 받아 영감을 얻던 너는 무엇도 감흥을 느끼지 못하는듯하다. 사람을 좋아하여 처음 보는 이들한테도 먼저 다가가기를 거리낌 없던 너는 호의를 의심하고 마음을 소분하며 경계한다. 진 빠지는 일은 진작 관두고 활동적인 건 멀리한다. 잠과 더 친해졌고 방에 불을 끄고 누워있는 시간이 늘었다. 불필요한 감정 씨름할 기력조차 없다. 나아짐을 기대하기보다는 이 이상으로 나빠질 일이 없기를 간절히 기도한다.

그리고 나는 네가 건너는 지금의 성장통을 묵묵히 바라볼 수밖에 없음을 안타까워한다. 다 지나갈 거다. 훗날의 너는 지난날의 찬란했던 만큼 더더욱 밝게 빛나 현재의 창백함을 이겨내고 일어설 것이다. 그러니 부디 조금만 더 힘내주기를. 아파도 견뎌주기를. 분명 잘 살 거라는 걸 믿어주기를.

미래의 너는 한여름 밤의 꿈을 전부 잊은 채 멀쩡히 제 역할을 문제없이 해 나갈 것이다. 네 웃음이 불편하지 않은 평온함이 찾아온다.

생일

　매년 생일마다 예상치 못한 사람들한테 되려 더
큰 축하를 받게 되는 것 같다. 생일엔 올해 내가 좀
더 특별하게 여겨야 할 사람들을 확인하는 순간이
되는듯하다. 누구나 바쁘고 정신없는 일상 속 나라
는 한 사람의 탄생을 축하하고 선물을 고르는 데에
할애했을 시간이 감사하다.

기대는 우리를 다시금
일어서게 할 테니까

사는 게 맘대로 되지 않아 힘들지? 얼마 전엔 사랑을 떠나보냈고 사람과 틀어지기도 했으며 하는 일마다 족족 좋지 못한 결과를 내서 기분이 영 좋지 않을 것 같아. 하지만 그럼에도 내가 너에게 해줄 수 있는 말은 전부 지나갈 거라는 거야. 진부한 위로이긴 해도 돌아보면 이만한 게 없더라. 잠시뿐일 거야. 그냥 가볍게 이번 달까지만 힘들려나 보다, 생각해. 근데 이번 달 끝자락에 왔음에도 별다를 거 없다면 그저 속는 셈 치고 얼렁뚱땅 또 다음을 걸어 봐. 기대를 한다고 해서 그 기대에 전부 미치는 것은 아닐 테지만, 또 그래서 우리는 실망하고 낙담할 수 있을 테지만, 그래도 기대는 우리를 다시금 일어서게 할 테니. 기대하지 않는 삶이란 화병에 꽂힌 죽은 꽃에 불과해. 겉만 멀쩡하다고 해서, 즉 사

람이 숨을 쉰다 해서 모두 살아있는 게 아닌 것처럼
말이야.

내일의 하늘은 얼마나 예쁠지. 내일은 누군가 나
에게 진심 어린 친절을 베풀지 않을지. 별생각 없이
들어간 카페에서 우연히 내가 바라던 이상형과 딱
들어맞는 사람을 만나게 되지 않을지. 오랜만에 본
인연과의 만남에서 무척이나 편안함을 느낄 수 있
지 않을지. 나를 이해해 주는 이를 도무지 찾을 수
없겠다, 손 놓았던 삶 속에서 알고 보면 은근히 나
를 헤아려주는 이들이 수두룩했음을 깨닫는 순간이
올 거야. 세상은 공평하대. 그렇다고 믿자. 신은 저
마다 감당할 수 있는 슬픔만 주실 거래. 그런가 보다
하자. 내일은 오늘보다 조금은 더 나아져 있을 거야.
나빠져도 그만큼 더 좋은 날이 오려고 그러는 거야.

머잖아 과거가 되어버린 오늘날을 떠올리며 '그
땐 그랬지'하는 때가 올 거야. 아님 아예 기억이 나
지 않게 되어버릴 수도 있고. 괜찮아져. 한바탕 실
컷 울어. 이런 시기도 있는 거야.

새연

　새연. 나는 네가 보고 싶다. 네 이름 석 자를 발음
하는 것조차 입술이 파르르 떨렸다. 우리가 처음 만
난 건 초등학교 사학년 때쯤인가 그랬다. 나는 너
와 너무 친해지고 싶어서 네 주변을 알짱거렸다. 심
지어 다른 반이었음에도 불구하고 먼저 다가가 말
을 건네고 시답잖은 농담과 간식거리 따위를 손에
쥐여줬다. 이유는 없었다. 그냥 너랑 가까워지면 내
인생이 한결 재밌어질 것 같다는 예감이 들었다.

　우리는 그러다 같은 반이 된 적이 있었다. 오학년
이었나. 육학년이었나. 기억이 가물가물하다. 반 배
정을 확인하고서 속으로 쾌재를 불렀다. 우리는 삽
시간에 친해졌다. 그 안엔 나의 무수한 노력이 깃들
어져 있었다. 너와 난 모든 걸 함께 했다. 같은 아파

트에 살고 있었다. 마주 보고 있는 동이어서 창문을 열면 네가 아래에서 손을 흔들기도 했다. 매일 등하굣길을 같이 했다.

당시 헤어스타일과 안경 그리고 옷차림새가 비슷하여 쌍둥이냐는 소리도 자주 들었다. 좋았다. 그래서 난 더욱더 너를 따라 하기도 했다. 가방도 너와 같은 브랜드로 바꾸고 입고 있는 티셔츠 또한 너와 최대한 비슷한 걸로 맞췄다. 가족이고 싶었다. 진짜 우리가 쌍둥이였으면 좋겠다는 말을 더러 했던 적이 있었다. 물론 너는 질색을 하며 "꺼져."라 했다만.

*

네가 방과 후 컴퓨터를 신청해서 나도 했다. 네가 바이올린을 배우고 싶다 해서 나도 했다. 쉬는 날 없이 너네 집을 들락날락했다. 그곳에서 밥도 먹고 서로 소설을 이어 쓰기도 하고 좋아하는 연예인 뮤직비디오를 찾아보기도 했다. 너네 집이 우리 집보다 편했다. 너희 집 비밀번호를 내가 생성하는 모든 계정 비밀번호로 설정했다. 너 역시 사용하는 비밀번호였다. 너의 이름 앞 성을 나열하고 뒤에 너의 집 현관 키 비밀번호를 연결하고. 고로 우리의 비밀번호는 동일했다.

너희 아버지도 정말 친절한 분이셨다. 셋이서도 쿵짝이 잘 맞아 여기저기를 가기도 하고 맛있는 걸 먹기도 하며 장난도 마구 쳤다. 행복했다. 너와 친해질 경우 따분한 내 인생이 재밌어질 거란 예상에 걸맞게 너와 보내는 시간은 지루할 틈이 없었다. 하루하루가 아쉬웠다. 집으로 돌아가야 할 시간이 오면 고작 코앞인 거리임에도 멀게 느껴져 발길이 떨어지지 않았다.

그러던 어느 날 네가 울면서 전화를 했다. 나는 슬리퍼를 신고서 뛰쳐나갔다. 내가 어찌할 수 없는 일에 분했다. 기껏해야 "괜찮아."라는 말로 너를 달랠 뿐. 너의 마른 등을 매만지며 다짐했다.

네가 하자는 건 다 할 거라고. 형제 없는 네게, 때로는 언니가 때로는 동생이 되어줄 거라고. 네가 기댈 수 있는 존재가 되어줄 거라고.

너를 데리고 살고 싶었다.

다행스럽게도 너는 오래 슬퍼하지 않았다.
그게 진실이었는지는 모르겠다.

*

하지만 진짜 불행은 우리가 졸업하고 나서 찾아왔다. 같은 중학교를 입학하게 되어 있었으나 너는 고모 댁에 가서 지내게 되었다. 고모 댁은 서울이었다. 즉 "너는 이사를 간다. 이곳을 떠난다." 몰아치는 슬픔에 익사할 듯했다. 반 배치 고사만 보고 학교를 나가지 않는 너를 보고서 울었다. "꼭 연락 잘해야 돼. 알았지?" 약속을 받아내고서 너를 보냈다. 텅 빈 너네 집 앞 현관에서 쭈그려 앉아 울었다. 우리가 매일 같이 시간을 보내던 그네에 앉아 울었다.

울었다. 울다가 또 울다보면 네가 다시 돌아올 듯했다. 떼쓰면 된다고 어느 정도 믿고 있던 나이었기에 이럴 경우 하늘이 어떻게든 도와줄 거라 생각했다.

초반에 너는 연락이 잘 되었다. 여름까진 잘 되었던 것 같다. 우리는 하루가 멀다 하고서 전화기를 붙잡고 살았다. 엄마한테 매번 혼났다. 그래도 말을 듣지 않았다. 참으로 밥을 먹는 시간을 제외하고서 너와 통화만 했던 것 같다. 네가 온 날도 있었다. 베란다 창문 아래로 손을 흔들었다. 너희 아버지와 너는 여전했다. 뛸 듯이 기뻤다. 너 하나 왔다고 이리 기쁠 수 있나. 묵혀있던 우울이 죄다 달아나 버렸다. "그래. 이렇게 연락을 할 수 있고 만날 수 있으니까. 우린 어른이 되어서 더 자주 만나면 돼." 착각했다.

완벽한 착각이었다. 여름이 지나고 너는 사라졌다. 전화를 받지 않았다. 네게 무슨 일이 생긴 건지 두려웠다. 네가 죽었을까 봐 무서웠다. 당장이고 달려가고팠으나 고모 댁 주소를 알 수 없었다. 멍청하게 전화기만 붙잡고 있었다. 네게 무수한 연락을 했다. 문자도 하고 전화도 했다. 그러나 돌아오는 답은 없었다. 절망이었다. 그렇게 시간이 흘렀다. 눈물이 마를 새 없었다. 무엇도 즐겁지 않았다. 망설이다가 네 사촌 동생에게 연락을 해봤다. 네가 아주 잘 지내고 있다 했다. 믿을 수 없었다. "연락 달라고 해줘."

연락이 오지를 않았다.

내가 무얼 잘못했을까?

*

몇 번의 계절이 바뀌었다. 나는 혹시나 하는 마음으로 번호를 바꿔 네게 전화를 걸어봤다. 신호음이 이어졌다. 손바닥 안엔 식은땀이 줄줄 흘렀다. 그리고 기적이었을까. 거짓말처럼 네가 받았다. "여보세요?" 감정이 북받쳤다. 살아있었구나. 나는 네가 죽은 줄 알았단 말이야. 하고팠던 말이 많았으나 하지 못했다. "나야." 하는 순간 네가 우렁차게 웃더니 "꺄악!" 소리를 지르고는 전화를 끊었다. 그 뒤로 다시 걸어보았지만 받지 않았다.

뭐였을까.

중학교 일학년의 우린, 자라나 어엿한 성인이 되었다. 그동안 나는 가끔가다 네게 메시지를 보내보았다. 사라지지 않는 1이 야속했다.

나는 여전히 네 생각을 한다.
무진장 힘든 날엔 너와 나의 어린 시절을 떠올려본다.
동그란 얼굴
크고 짙은 쌍꺼풀을 가진 눈
동그란 코
도톰한 입술

나의 모든 비밀번호는 아직도 그대로이다.
새연. 네가 간 후로 바이올린을 그만두었다고. 지

금은 다 까먹어서 아예 손도 대지 못한다고. 말해주
고 싶다. 너를 원망하지 않는다. 나는 너를 미워할
수 없다. 무조건적으로 이해할 수밖에 없는 사람.
그게 너였다.

  만일 네가 있었더라면 내가 조금은 덜 힘들었을까.

*

  네가 그렇게 날 떠난 후로 난 이별이 어려워.
  또 보자는 말을 믿지 않아.

너도 그땐 최선이었잖아

그럴만한 이유가 있었던 거야. 너도 그땐 그게 최선이었고 어쩔 수 없는 선택이었을 거야. 그러니까 너무 그 시절의 너를 몰아세우고 나무라지 않도록 해. 암만 후회를 한다 한들 달라지는 건 없어. 어찌되었든 간에 우리는 과거를 지나왔고 수많은 경험을 바탕으로 지금의 네가 되었어. 어떻게 살아가면서 마냥 좋은 일만 일어날 수 있겠니. 어느 날은 죽을 듯 괴롭다가도 또 어느 날은 별것 아닌 일에도 찢어질 듯 웃어젖히기도 해. 슬픈 날이 많다고 하여도 그게 뭐 어때. 가끔 기쁜 순간이 찾아올 때, 더욱더 기뻐하며 만끽하면 되는 거지.

오늘을 살아내는 너를 응원해. 내일도 변함없을 거고. 누군가에게 무한한 애정을 받는다고 해서 세상이 특별하게 달라지거나 돈이 되는 것은 아니지만, 그래도 내가 열심히 같은 자리에 서서 사랑이란 걸 적어 내려볼게. 우연히 본 김이나 작사가의 한마디가 기억에 남아. "한 사람의 결이나 질감은 잘 관리된 콤플렉스에서 비롯된다" 나는 너와 너 자신이 서로를 잘 달래고 잘 보듬어주고 서먹하지 않은 관계라면 좋겠어. 나는 자라서 내가 되고, 너는 네가 되어야 할 테니 말이야.

어쩌면 인생이란 건 끊임없이 자신을 찾아가는 일일지도 모르겠어. 나는 매일 나와의 전쟁에서 지지 않으려 해. 손잡아 화해를 하는 때도 조만간 올 거라 믿어.

언제든 사랑할 힘은 가지고 있어야지

버스에 올라타 안경을 꺼내 쓰고서 몇 마디를 끄적인다. 뒷자리에 앉은 여자는 연거푸 하품을 한다. 그리 피곤한가? 이어폰 속 흘러나오는 음악의 볼륨을 살짝 낮춘다. '언젠가는 널 잊을 거야 곧 날이 밝아와 부디 울지 말아 줘' 후렴구가 계속된다.

우울하다는 친구의 말에 조언 같은 걸 하고 있는 내가, 과연 그럴 처지인가? 골몰한다. 이젠 마냥 '힘들다'거나 '우울하다'는 얘기를 들을 때면 측은해지긴커녕 더욱 냉정해진다. 더 이상 무조건적인 위로와 공감을 하지 못한다. 세상에 슬픈 사람들이 차고넘친다. 각자 저마다의 우울과 슬픔을 깔고서 아닌 척 살아가는 게 아닐까 싶다. 나 그리고 우리를 더불어, 말 못 할 사연을 앙다문 입술 너머로 삼키고

삼키며 살 테다. 더한 사람도 있을 테고 덜한 사람
도 있을 테고.

한없이 나약해지는 태도에 지난 내 모습이 보여
찡그려지는 것도 같다. 과거의 나를 만나는 일이 어
지간히 불편한 모양이다. 현재는, 우울하다는 생각
이 들면 냉큼 잊으려 한다.

일부러 재미난 영상을 찾아보고 어딘가를, 타지
에 떠나 살고 있는 사람들의 브이로그를 본다. 내가
도전하지 못한 자유와 용기, 실행력 등을 보며 대
리만족하는 것 같다. 어릴 적 팬심을 품고 있던 인
플루언서를 다시금 찾아보니 도쿄에 가서 살고 있
더라. 나도 꿈꿔본 적 있는 삶이다. 한데, 못했다. 일
본어 공부를 하다가 때려치웠고 내가 무슨 다른 나
라냐, 하고 말았다. 한국에서도 온갖 어려운 점들이
여전한데, 무슨 수로.

이번 여행에서는 내가 나서서 먹은 음식물을 처
리하고 설거지를 했다. 그러니 애들이 왜 이렇게 변

했냐며 눈을 휘둥그레 뜨던 거 있지. 나 그래도 집에서 가능한 하고 그래. 남들이 나를 보는 이미지란 마냥 철없고 놀기 좋아하는 인간이다만, 어느 정도 착각이다.

술은 최대 일 년에 한두 번 정도 마시고 조용한 곳, 한적한 곳, 외엔 가는 걸 끔찍도 싫어하고(그래서 시끄럽고 인파가 몰리는 곳엔 가지도 않았고, 않는다) 대체로 집에 있는 걸 좋아한다. 가족에게 충실한 편이다. 대부분의 돈도 가족에게 쓰는 쪽이다. 딱히 내가 갖고 싶거나 필요로 하는 건 없다.

부모님께 받은 사랑과 지원을 내가 돌려드려야 한다고 생각하고 부모님의 짐을 나눠 가져야 한다고 생각한다. 동생에겐 최대한 좋은 것들을 해주고 좋은 기억들을 심어주기 위해 노력한다. 세상의 슬픔 같은 건, 얘는 몰랐으면 한다. 내게 도움을 준 사람들에겐 갚아야 할 마음의 빚을 진 거라 여긴다. 그렇기 때문에 난 그들에게 성실히 잘해줄 약속을 본인과 한다.

멘탈은 약한 편이다. 근데 또 이렇다고 단정 짓기 애매해지는 것이, 그간 그런 일들을 겪어오고서도 멀쩡히 살아있는 걸 보면 또 그렇지만은 않은 것도 같다.

선한 사람이 좋다. 나를 아프게 하지 않는 사람. 무해한 사람. 그리고 나도 다른 이들에게, 최대한 유해하지 않았으면 한다.

나름 잘 차려입던 예전과는 달리 현재는 헐렁한 옷들만 고집한다. 한마디로 대충 입고 나간다. 내 몸집보다 큰 티셔츠와 바지를 걸치고서 머리모양도 엉망, 화장도 어설퍼졌다. 밥도 잘 먹고 약을 먹는 횟수가 줄었다. 건강을 챙기기 위해 애쓴다. 무언가에 얽매이지 않는다. 나는 내가 사랑하는 사람들과 오래 함께하고 싶은데, 그러기 위해선 건강이 중요하단 사실을 깊게 깨닫게 되었다.

나는 나를 소중하게 여겨주는 사람들이 소중하다. 가끔은, 아니 실은 아직도 자주 왜 그런 과거를 지나와야만 내가 성장할 수 있었는가, 억울해지고 암담해지는 순간이 빈번하다. 하지만 한편으로 고맙다. 그럼에도 불구하고 내가 숨 쉬고 살아가는 이 땅에, 사랑하는 가족들과 화기애애하며 좋아하는 지인들을 만나 맛있는 음식과 함께 수다를 떨 수 있다는 게.

부디 무탈한 하루를 보내기를. 내가 사랑하는 것들을 더 사랑하고, 사랑받고 사랑을 베풀 수 있는 사람이 될 수 있기를. 잠들기 전 하는 기도는 명료해졌다.

사랑은 정이고 행복은
만족이라면 어떻게 생각해

조촐한 반찬과 함께 혼자 밥을 먹고 드라마 한 편을 보며 빈둥거리다가 이불을 걷고 일어난 느지막한 점심. 카페에 갈 채비를 마친다. 날씨가 제법 쌀쌀해졌다. 완연한 가을이다. 당신이 살고 있는 그곳에도 가을이 왔는지 궁금해진다. 주머니 속 넣은 지갑이 무겁다. 걸을 때마다 주머니가 아래로 처진다. '가을 탄다'란 말이 있다. 가을엔 유독 더 슬퍼지고 울적해지며 나뒹구는 낙엽만 보아도 눈물이 글썽여진다. 호르몬 변화와 혈관 수축 등 다양한 이유가 있다고들 하던데. 모르겠다. 난 그냥 슬프고 마땅히 핑계 댈 법한 가을을 걷는 중인지라 어물쩍 넘길 수 있어 다행이다.

한 오 년 전쯤이었던가? 출간을 하던 시기. 예뻐했던 후배가 해준 말이 생생하다. "사랑은 원래 정이었대요. 행복은 만족이었고요." 요새 들어 이 말이 자주 떠오른다. 강의실 맨 뒷자리에 앉아 종알거리던 녀석의 입 모양이 눈에 훤하다. 사랑은 원래 정이고 행복은 만족이라면 내가 친근하고 마음이 기울었던 모든 것들을 사랑했다고 자신해도 될까. 하물며 정이라 정의할지 사랑이라 정의해야 할지 헷갈렸던 순간들이 분명 존재한다. 어떻게 보면 그때마다 고민할 필요 없었을 수도 있겠다. 정이 곧 사랑 아녔을까?

근데 난 사랑이 좀 더 무겁게 느껴진다. 정은 조금만 같이 있어도 쉽게 들고 단기간에 마주한 사이일지언정 우리 오래 본 것 같은 기분에 혹해 두터워질 순 있는데 사랑은 뭐랄까. '안 되겠는' 것들이 늘어간다. 예컨대 이 사람 아니면 안 되겠고 지금 보러 가지 않으면 안 되겠고 고백하지 않으면 안 될 것 같은 찰나들이 차곡차곡 쌓여간다. '안 되겠는' 찰나들 앞에 한 사람이란 주어가 붙어 사랑을 정의한다.

그리고 때론 사랑이 끝나 정이란 관계로 남기도 한다. 오래 마음에 품고 있었을수록 길어진다. 이제 애 아녀도 될 듯한데 쉽사리 단절되지는 못하는 경우가 있다. 그냥 잘 지냈으면 좋겠고 안부가 궁금해지며 간혹 시큰 따끔한 추억이지만 또다시 지극해질 기미는 없는. 이러한 경우에도 난 여전히 사랑이라 칭할지 정이라 단언할지 아리송했다. 어떠한 것들은 끝이 난 후에도 계속된다. 가령 과몰입해서 본 드라마와 매 주를 기다리며 본 예능 프로그램이 끝이 날 때 이어지는 여운과 비슷하다 할 수도 있겠다. 매우 아프고 난 후의 후유증이라든가. 환상통이라든가.

그렇다면 행복은 왜 만족이었을까? 행복이란 생활 속에서 충분한 만족과 기쁨을 느끼어 흐뭇함이란다. 행복이 무어냐 물으면 항상 입을 꾹 닫았다. 어떨 때 행복하냔 질문에 맞물린 입술을 열 수가 없었다. 행복을 잘 몰랐다. 이 점은 아마 내가 나라는 인물에 관해 무지하기 때문이라 생각한다. 하지만 그러면서도 섣불리 나에 대해 알아가려는 시도 조차 하지 않는 까닭은 무심코 겨우 외면한 상처를 발견하게 될까 봐,이다. "어떤 음식을 제일 좋아해요?" 간단한 질문조차 머리를 한참 굴려야 했다.

그래서 난 날 행복하게 하는 법을 몰랐다. 어떠한 기쁨을 맞닥뜨렸을 시에도 이를 어떻게 행복감으로 받아들여야 할 것인가 애를 먹었다. 행복은 내게 두려움이기도 했다. 행복할 경우 조만간 불행이 찾아올듯하여 불행해졌다. 행복은 아주 잠깐의 폭죽과도 같고 쉬이 꺼져 공허만을 남기게 된다. 그렇기에 불안했다. 행복이 달아날 게 미리 걱정되어 행복을 멀리했다. 행복하려 들 때면 모른 체 눈 가리고 아웅했다. 불행과 더 친했다. 우울 속 행복 찾기가 아닌 행복 속 우울 찾기란 친구의 문장을 오래도록 골몰한다.

쓸모없는 상념을 이만 접고서 만족감을 찾고자 주변을 둘러본다. 내가 나만의 불행에 빠져 애꿎은 것들에게 불행을 전염시키진 않았는지 되돌아본다. 소소한 만족을 채워 행복을 조금씩 느끼는 연습을

해보자. 본인의 불행은 어쩌면 본인이 행복할 수 없
단 강박 안에서 일어나는 걸 수도 있을 테다. 그걸
깨부숴야만 행복을 맞이할 수 있다. 벽 뒤에 숨어
달아나는 게 아닌 정면으로 돌파해야만 어떠한 것
들은 비로소 대면할 수 있는 법이다.

　되짚고 보니 행복이라 생각하여 거창했다. 행복
을 만족으로 바꾸고 보니 그리 대단한 것이 아닌 것
도 같다. 대단하고 거창하고 특별할 필요 없이 작고
귀여운 만족감들을 모아본다. 언젠가 내가 행복을
두려움 없이 있는 그대로 받아들일 수 있도록 만족
을 기억하여 채워나간다. 그것들로 나를 기록한다.
오늘은 친구를 만나 수다를 떨었다. 스타벅스에서
판매하는 하트 파이가 무척이나 맛있었다. 하트 파
이와 라떼의 조합이 만족스러웠다. 버스를 몇 분 기
다리지도 않았음에도 불구하고 타이밍이 맞아 바
로 탈 수 있어서 대만족이었다. 오랜만에 본 동생의
얼굴이 좋아 보여 만족할 수 있었다.

가을이 마냥 슬프지만은 않도록 잘 즐기다가 보
내주려 한다. 사실상 사계절을 전부 타는 것 같다만
계절의 변화를 세심하게 느낄 수 있는 거라 치겠다.
우리의 계절을 만끽하며 나뭇잎 따라 달라지는 마
음의 상태를 보듬어주고 신경을 기울여주자. 몸도
마음도 포동포동 살이 찐다. 하늘이 높고 푸르다.
고개를 들어 바라봐줘야 할 때이다.

전송된 메시지

내가 봄에 피는 꽃이었다면 넌 봄날의 햇살이었지. 따사로운 네게 빛을 받아 이만큼 성장할 수 있었다고 믿는다. 종종 사회라는 곳이 정말이지 춥고 차갑고 각자의 인생만 바라보는 곳 같아 무서웠어. 그런데 넌 그럴 때마다 내 손잡아 주더라. 우리 같이 몇 년이란 시간을 보내면서 내게 서운한 점이 있었을 수도 있고 미웠던 적이 있을 수도 있었겠지만 부디 좋은 기억만 남겨주길 바랄게.

난 진짜 네가 어딜 가든 사랑받을 아이란 걸 알아서 가끔 부러워지고 나 아닌 다른 사람들을 만나 즐거워하고 나는 점차 희미해질 걸 생각하면 질투가 나기도 해. 그러니까 나 절대 잊지 말아 줘. 늘 씩씩하고 멋있고 추진력도 있고 나랑은 반대인 듯하면서도 닮은 구석이 많아 항상 본받고 싶었어.

　장난삼아 한 말이었다만 한편으론 진심을 다해
너로 태어나고픈 날들도 있었다.

채원

어떠한 상황에서도 침착함을 잃지 않는 네가 부러운 날들이 자주 있다. 내가 가진 상처와 여러 흉터들을 본인의 일인 양 생각해 주며 다독여주는 너로 인해 오늘도 살아갈 힘을 얻는다. 너는 어디에 있든 간에 누구를 만나고 있다 한들 항상 나를 신경 써준다.

다른 이들과의 약속 중에도 바쁜 일상을 보내고 있음에도 불구하고 괜찮냐는 연락과 함께 나한테 좋아질 거란 말을 건넨다. 자신은 운이 좋은 편이니 본인의 운을 나눠주겠단 소리를 하기도 한다. 본인이 힘든 상황은 일절 입 밖으로 내뱉지 않고서, 담담히 버텨내면서.

그런 너를 줄곧 동경하기도 하며 고마움을 아낌 없이 전한다. 네가 내게 쏟는 시간과 친구라는 이름 아래 선사하는 다정이 얼마나 따스한지를 안다. 너라는 인간을 만나 참 다행이다. 만일이라도 '네가 이 세상에 없었더라면' 혹은 '없어진다면'을 상상할 경우 눈시울이 벌써 붉어질 정도이다.

요새는 네가 자주 아프다. 본래 감기 한번 잘 안 걸리던 애였는데 최근엔 아파서 수액을 맞는 횟수가 늘었다. 난 간혹 생각한다. 행여나 내 불행이 네게 옮은 거면 어쩌지, 한다. 매일 골골거리고 이래저래 사건사고를 몰고 다니는 나로 인해, 그러니까 나랑 붙어 다녀서, 저번에 네가 나에게 운을 나눠준다고 하여서, 그런가 싶은 순간이 있다.

부디 내가 너에게 오래도록 마음을 갚으며 살아갈 수 있었으면 좋겠다. 건강히 너의 곁에서 늙어가며 언제든 네 일이라 하면은 한달음에 달려갈 수 있는 존재이고 싶다. 더 큰 사람이 되어 네 품에 기쁨이 될 만한 것들을 마구 쥐여주고 싶다.

너는 언제나 폭우 안에 있는 나를 놓지 않고서 묵묵히 다가와 우산을 씌워준다. 나는 울어도 별것 아니란 듯 네 너털웃음에 잠시나마 눈물을 닦을 시간이 주어진다.

오늘도 너를 떠올리고, 뭐라도 해줄 게 없을까 고민하다가 너의 이름 옆에 네잎클로버를 그려 넣어본다.

동그란 너의 안에 산다.

꽤나 괜찮은 어른이 되고 싶었어

괜찮은 사람으로 자라나고 싶었는데. 그래서 생각도 많이 하고 지레 겁을 먹는 경향이 있었고 조심하고자 했는데. 어찌 되었든 간에 무엇이든 내 잘못이 되는 건 맞는 것 같아. 누군가에게 기대지 않고 홀로 서서 단단해져야 하는데 연이어 벌어지는 슬픔이 날 무너뜨리려 하네.

하지만 그래도 살아야겠지. 나한테는 사랑하는 사람들이 있으니까. 그들에게 사랑을 돌려주기 위해 부단히 노력을 해야 하니까. 한데 그런 사람이 될 자격과 능력조차 갖추지 못한 사람이 될 듯하여 자꾸만 작아지고 굴속에 숨어들고 싶네. 내가 잘 살고 싶었어 라고 하면 '그럼에도 다 괜찮았어'해줄 수 있을까. 나아질 거라고 믿고 싶어.

신이 있다면 빌고 싶어. 너덜너덜해진 나를 일으켜 세우고 싶어. 이불을 덮어주고 울지 말라고 안아주고 싶어. 매일 다른 사람을 위로하는 뉘앙스의 글을 적지만 실은 내가 나를 위로하고자 함이야. 나는 이대로 포기하고 싶지 않아 매일을 안간힘을 쓰고 있어.

평범한 삶

"저는 삶을 너무 평범하게 살아온 거 같아서 그게 조금 아쉬워요"라는 Y의 말에 0.1초의 고민도 없는 대답을 해버렸다. "평범한 게 제일 좋은 거예요. 그게 제일 어려운 것이기도 하고요. 저는 진짜 평범하게 살고 싶었는데…" 이어서 말을 삼켰다. 목구멍까지 차오른 사연들이, 가까스로 다시금 가슴 언저리께로 내려갔다.

그리고 후회했다. 난 다른 사람들의 삶을 부러워하거나, 혹 누군가의 일상적인 고민을 불현듯 가벼이 여기는 투를 내뱉거나, 내 인생을 불행이라 여기며 살고 싶지 않았는데. 정말이다.

우리 낭만 사랑

낭만을 다시 꿈꿔도 돼요. 침대에서 일어나 기지 개를 켜고 환기를 시키는 일로 하루를 시작하세요. 물을 한 잔 마시고 키우는 화분에도 적정량 주도록 하세요. 오늘은 배달 음식보다는 직접 요리를 해보 는 게 어떨까요? 전날 주문한 재료들이 집 앞에 와 있을 거예요. 음악을 크게 틀어보세요. 요즘 빠진 음악보다는 한 십 년 전쯤이었나. 그맘때쯤 즐겨듣 던 플레이리스트를 도로 불러와 추억에 잠겨보는 것도 괜찮을 것 같아요. 되도록 때 묻지 않았던 시 절의 목록이 좋겠어요.

배를 채운 뒤엔 설거지를 하고 청소를 해보아요. 깨끗해진 주변을 빙 둘러보다가 흡족한 미소를 짓 곤 소파에 누워 하릴없이 시간을 보내는 일도 나쁘지 않아요. 아무것도 하지 않는다고 해서 우리가 아무것도 아니지 않음을 알고 있으니 말이에요. 그러다 심심해지면 관두었던 취미생활의 흥미를 되찾는 것도 좋죠. 책장에 꽂힌 책들을 꺼내보는 건 어떨까요? 이전에 내가 어떤 문장에 어떤 마음으로 밑줄을 그었었나, 되짚어보는 일요. 그리고 여전히 마음이 동하는 문장을 골라 옆에 놓인 종이 위에 따라서 적어 보는 일도 의미 있겠네요.

저녁쯤엔 지는 해를 보러 산책이나 가죠. 맨날 핸드폰으로 SNS만 보고 유튜브만 보고 땅만 보고, 그러지 말고 우리 하늘을 올려다보는 거예요. 하염없이 노을 진 하늘을 바라보다가 몇 장 사진으로 남기는 건 어때요. 내친김에 전송까지 해보도록 하죠. 아끼는 이들에게요. 뜬금없이 전화를 걸어 '지금 하늘 짱 예쁘다'하는 것도 무척이나 좋을 것 같습니다.

이게 우리가 사는 낭만, 아니면 또 무엇인가요.

너와 보낸 청춘의 끝자락

안부를 묻는 일은 겸연쩍다만, 잘 지내니? '가끔'이라는 말은 사실상 '항상'이라는 표현과도 같아. 나는 가끔 널 생각한다는 문장을 적곤 했으나, 솔직히 말하자면 항상에 가까워. 이틀 내 비가 꼬박 내렸어. 그 바람에 날이 한껏 추워졌어. 기온이 뚝 내려간 모양인데 딱히 뉴스를 보거나 인터넷에 검색해 확인해 보진 않았어.

그럼에도 불구하고서 창문만 열어도 넘나드는 찬바람에 옷장 속 묵혀두었던 긴팔을 꺼내 입어야 했지. 온종일 감도는 쌀쌀함에 바스락거리는 팔을 여러 번 비비적거렸다면, 네가 상상하기 훨씬 쉬우려나.

요즘엔 뭐 하고 지내니. 주로 어떤 사람들을 만나 어떠한 대화를 나누고 무엇을 함께 꾸려나가고 있 니. 사랑하는 사람은 생겼을지도 궁금하구나. 난 최 근 들어 프렌치토스트 만드는 것에 빠졌어. 계란을 한 다섯 개쯤 그릇에 깨서 풀고 설탕 대신 대체 감 미료를 넣어 저어주고는, 통밀 식빵을 꺼내 담갔다 가 건진단다.

이어서 미리 달궈놓은 프라이팬 위에 기름 한번 두르고 타월로 쓱 닦아낸 뒤, 계란 물에 흠뻑 젖은 통밀 식빵을 얹어. 그러면 너도 알지? 치-익 소리를 내며 구워지는 계란과 하나 된 식빵을. 빈번히 만들 어 먹었더니 이제 제법 속도가 붙었을뿐더러 잘 태 우지도 않아. 불 조절과 서둘러 뒤집어주는 게 중요 하더라고. 꽤나 맛있는 맛이 난다는걸, 넌 모를 테 지. 아쉬워지길 바랄게(농담이야).

너는 무엇에 빠져있니. 맨날 내가 먹는 음식을 궁 금해하던 너는 즐겨 먹는 음식이 생겼니. 아님 자 주 하는 요리라든가. 또 매번 끼니를 거르는 거 아니지? 대충 때우진 않았으면 하는데 말이야. 좋아하는 취미 생활은 여전한지도 알고 싶네. 네 소식은 도통 들을 수가 없어서, 이따금 네가 지구상에서 사라진 건 아닐까 상상해.

우리가 나눈 시간이랑 감정들이 한여름 밤의 꿈은 아니었나, 아리송해질 적도 있어. 그럴 때면 괜스레 영화였던 마냥 근사한 제목을 붙이고 싶어지곤 하는 거 있지.

벌써 올해도 다 가고 있다. 곧 크리스마스가 올 걸 생각하니까 기분이 굉장히 묘해. 이번 크리스마스에는 붕어빵 만드는 기계를 구매해서 직접 만들어볼까 해. 다코야키나 와플, 이런 쪽도 재밌겠다. 비슷비슷하지 않을까? 부디 행복한 연말이 되었으면 좋겠어. 새해도 버겁지 않은 마음으로 맞이할 수 있었으면 하고.

나이를 먹는다는 게 두렵던 옛날은 지난 지 꽤 되었고, 요즘엔 어서 나이를 먹는 편도 나쁘지 않을듯

해. 왜냐 모두 다 그런 건 아닐 테지만 그러면 조금
은 만사 의연해질 수 있지 않을까 싶어서. 안 좋은
기억들도 희미해질 것이고.

그때쯤이면 결혼도 했을 테지. 결혼이야, 금방일
수도 있고 먼 훗날 얘기일 수도 있고. 주변엔 만나
면 항상 결혼 얘기가 빠지지를 않아. 너도 그래? 내
가 결혼을 할 경우 네가 진심으로 기뻐해 주고 축하
해 줄지도 의문이다. 결혼식, 굉장히 아름다울 텐데
말이야. 보러 와줄래?

하고 싶은 일에 관해서도 종종 골몰해 보게 돼.
지금 하고 있는 직종이 나와 맞는지도 확신이 서질
않아. 지금 이 일을 한 지 몇 년이나 흘렀음에도, 희
한하지. 뭐 진로 고민은 죽을 때까지 하는 거라고들
하지만. 어디 한군데 정착한다는 게 보통 일이 아닌
듯해. 내일은 외근이 있어 서울에 가봐야 해. 오랜
만에 가는 서울이라 벌써 피로하네.

근래엔 본인을 오롯이 충족시킬 수 있는 사람은 자기 자신이라는 생각이 들어. 나의 결핍과 콤플렉스를 잘 달래고 다듬어야 하는데, 그게 다른 누구도 아닌 나만 할 수 있는 일인 거거든. 연인과 가족, 친구도 아녔어. 내가 나를 가장 아끼고 사랑하며 소중하게 여겨야 해. 그래야 어떠한 난관과 무수한 굴곡 속에서도 반드시 일어날 힘이 생겨. 내가 나를 지켜야지. 우선 '나'가 안정이 되어야 주변을 챙길 수 있는 것 같아.

책을 다시 읽어보려고. 서점에 발길을 끊은 지가 손가락을 다 접고도 남을 지경이거든. 균형 잡힌 식사를 해야지. 영양제도 까먹으면 안 되고. 가까운 곳은 되도록 걸어 다니고. 운동도 게으리하지 않도록 하고. 새로운 취미를 찾고. 의미 있는 영화를 보며 상념에 잠기기도 하고. 무엇보다도 긍정적으로 생각하는 연습을 계속해야 돼. 삶을 대하는 태도도 변화해 나아가야 하고.

[이렇게 지내다 보면 나중에 언젠가 남들보다 더 좋은 역량을 갖추게 되실 겁니다]

삶을 통틀어서 과거보다 현재가 나쁠 수 없고, 현재보다 미래가 안 좋을 순 없다고 믿을래.

그럼 말을 줄이며 모쪼록 나름대로의 삶을 잘 영위하길 바랄게.

감기 조심하고.
가을이라고 슬프지 말고.

여기 있는 사랑을 기억하기를

네가 곁에 있는 상상을 할 때면 난 무엇이든 할 수 있는 사람이 되어 자신감이 넘치게 된다. 다정히 나를 달래는 음성과 머리카락을 쓰다듬는 손길에 온화한 마음이 되어 잔뜩 경직되었던 몸을 풀고서 바짝 날 세웠던 신경을 가지런히 정리하게 된다.

너를 기다리는 강아지가 된 것 같다. 마냥 네가 오는 날만을 손꼽아 기다리며 좀 더 좋은 사람이 되기 위해 부단히도 노력한다. 우리 나중 가서 마주할 경우 서로를 데면데면 시 하거나 서로를 더 이상 열렬히 애정 할 수 없게 되어버린다면 어쩔까. 나는 너의 어떠한 모습도 받아들이고 사랑할 준비가 되어있단 말은 꽤나 진부하기 짝이 없으려나.

나란히 늙어가고 싶은 사랑이다. 너를 통해 넓어진 시야로 세상을 바라보고 네가 나로 하여 가르친 사랑을 아낌없이 마구 나누어줄 테다. 너한테서 배운 삶을 대하는 태도를 이제 다른 누군가에게도 고스란히 전해줄 수가 있겠지. 나는 너의 무궁무진한 가능성과 성장을 응원하며 너의 미래를 기대하고 그 안에 나도 그려 넣는다. 너의 손을 꽉 잡는 장면을 떠올리는 일 동시에 와르르 볼링핀처럼 무너져 내리는 기억들을 도로 잘 쌓아 올려보려 한다.

내가 너를 사랑한다는 사실을 부디 잊지 않고서 네 인생에 힘을 보탤 수 있기를. 서서히 바람이 차니 이불을 준비하고 겉옷을 꺼내 감기 한번 걸리지 않기를. 술에 취해 비틀거리는 일이 극히 드물기를 바란다. 훗날 꺼내보며 미소 지을 찬란한 시절 우리의 사랑을 여기 간직한다.

2부

미움보다는 사랑을

숙취가 있을 걸 알면서도
술을 마신다는 건

숙취가 있을 걸 알면서도 술잔을 기울인다. 체질상 맞지 않아 거진 끊다시피 했던 술을 다시 마시기 시작한 건 올해 사월 무렵이었다. 다 떠나가는 상실을 견디지 못해 술을 따랐다. 술에 취하면 한결 괜찮을 줄 알았다. 취하면 잊지 못할 것들도 잊을 수 있을 줄 알았다. 너무 오래간만에 술을 마신 탓일까. 평소 주량을 넘어섰다. 그럼에도 계속해서 꼴깍꼴깍 마셨다.

술을 잘못 배운 까닭에 무조건적으로 원샷이다. 가득 채워진 소주잔이 단숨에 비워진다. 비워지지 않는 건 내 마음뿐이다. 사람들의 화기애애한 분위기 속 나만 헝클어졌다. 시각은 열한시를 넘겼다. 그리고 그다음 또 술을 먹게 되었을 적에도 열한시를 지나쳤다. 엄마의 연락이 부재중으로 쌓였다. 비틀비틀하는 나를 붙잡는 손길들이 마냥 따스했다.

다음날 신기했던 점은 체질상 맞지 않아 기피하던 술이 아무 이상 반응을 보이지 않았단 것이다. 본래 한두 잔만 마셔도 새벽 내내 식은땀을 흘리며 앓아야 했던 터라 한 육 년? 칠 년간은, 기껏해야 일 년에 두 번 정도 술을 마셨던 것인데. 멀쩡하다는 게 신기했다. 엉망이 된 머리칼을 긁적였다. 멋쩍었다. 나름 아플 걸 감수하겠다며 호기롭게 마신 거였다.

꼴에 기분을 내겠다며 해장을 한다. 새롭게 알게 된 건 내게 해장으로 햄버거가 아주아주 잘 맞는단 점이었다. 소연 언니가 맥모닝을 사와 나눠 먹으며 알아챘다. 메스껍던 속이 진정되었다.

최근 술을 마시며 들었던 생각으로는 술이 분위기 전환에 굉장한 역할을 하는 것 같다. 술을 마시기 전과 후의 공기 흐름부터 달라진다. 서먹했던 공간이 부드러워지고 친근해진다. 물론 역효과가 일어나는 경우도 종종 있다만 적어도 선을 지킬 줄 아는 사람들과 함께라면 말이다.

사람들은 기쁜 일에 술을 마실 때도 있다. 무언가를 축하하는 의미에서 술을 마시기도 한다. 반대로 슬플 때 마시기도 한다. 슬프거나 화나거나 할 때 술을 마신다. 기쁠 땐 기억하기 위해서 술을 마시고 슬프거나 화가 날 땐 잊기 위해서 마신다. 감정이 두 배가 되게 하는 쪽, 혹은 감정을 누그러뜨리도록 하는 쪽.

그런데 술이 무언가를 잊게 하는 데에 진짜 효과가 있나? 술을 마시는 순간에는 그랬던 것도 같다. 사람들과 흥이 돋아 떠들썩하다 보면 잠깐은 그랬다. 다만 문제는 집에 돌아가는 길에 발생했다. 잠자코 숨어있던 감정이란 녀석이 고개를 빼꼼 내밀어 더더욱 요동친다. 난장판을 만든다.

전봇대 옆에 주저앉아 많이도 울었다. 방 안 침대에 누워 술 냄새를 폴폴 풍기며 눈물로 베개를 적셨다. 보내지 말았어야 할 메시지를 보내고 다음 날 이불 차며 후회했다. 전날 취하여 저질렀던 행동을 후회하는 일 또한 숙취의 일환이라 할 수 있겠다.

사람은 왜 간혹 실수할 걸 알면서 조절하지 않은 채 술을 마실까? 어쩌면 실수를 하기 위해 술의 힘을 빌리는 걸 테다. 예를 들어 보내지 않았어야 할 메시지를 보내기 위하여, 걸지 않아야 할 전화를 걸고 하지 말았어야 할 말들을 쏟아내기 위하여, 취했단 핑계로 구차해지기 위하여.

어떤 이는 나에 대해 알고 싶어서 같이 술잔을 기울여주기를 바란다. 어떤 이는 단순히 재미를 느끼고파 술을 마셔주기를 원한다. 어떤 이는 헝클어지지 말라며 제지한다. 술잔을 빼앗고 술병을 가져간다.

솔직히 난 술을 좋아하지 않는다. 체질상 안 맞아 거부하는 겸 맛이 없어서 싫었다. 그리고 현재 다음 날 숙취로 하루를 날릴 수도 있단 무시무시함에 싫다. 피부가 뒤집어지는 점도 별로다. 헝클어지는 모습도 매우 별로다.

　그런데도 내가 술을 마시고 싶단 말을 하는 건 진짜 진짜 슬프거나 힘이 들 때이다. 이전에도 그렇고 지금도 마찬가지이다. 내가 가진 언어이다. 술 마시고 싶다, 하면 얘 지금 힘들구나, 누가 알아줬으면 좋겠다. 기분이 나아질 정도로만 마시자.

운다고 달라지는 일은 없다만
울음을 참을 필요는 없다

　당장 상황을 해결해 줄 순 없는 노릇이다만 그럼에도 불구하고 서서히 조금씩 나아질 거란 얘기를 해주고 싶다. 겪지 않아도 될 법한 일들이 기어이 네 앞에 펼쳐져 널 밤새 잠 못 이루게 만들고 새벽을 헤엄치도록 할 테지만 필히 조만간 지금 일어난 떠들썩한 일들이 한낱 안줏거리에 불과해질 거라 쓸어 넘겨주고 싶다.

　나날이 묵직해지는 네 마음의 무게. 너를 대신하여 짊어지고픈 심정인 걸 넌 알아주려나. 네 가슴팍에 새겨졌을 생채기들이 너무도 선명하다. 너를 아프게 하는 인물들은 단 한 명으로도 과한데 그들은 셀 수 없을 지경으로 늘어난다.

어떤 이는 그러더라. 너무 좋은 사람들만 만날 시 성장할 수 없다고. 데어도 봐야 한다고. 난 그 말에 반대한다. 소중한 네가. 내가 손 뻗어 닿아도 아까운 만큼 '감히'란 말이 절로 나오도록 하는 네가. 늘 좋은 사람들 주변에 둘러싸여 좋은 말만 듣고 좋은 것만 보고 느끼기를 바란다.

운다고 달라지는 건 없다. 그렇다고 해서 울음을 잃어버릴 필요는 더더욱 없다. 넌 오늘도 헤실헤실 웃는다. 난 그 얼굴에서 그늘을 읽어 내렸을 경우 덩달아 까무룩 잠이 든다. 달리 무언가를 줄 수 없는 본인의 무력함을 깨닫는다. 만일 원하는 일정 기간의 기억을 지울 수 있는 약이 있다면 너와 나눠 먹고 싶다. 그리고 우리 다시는 아프지 않은 삶을 살아가자고 당부하는 거다.

골목을 빠져나오는 순간 문득 네 생각이 났다. 주저리주저리 떠들고픈 마음이 굴뚝같았다. 하나 넌 매우 멀리 있고 제 일상을 바쁘게 살아가고 있는 까닭에 그럴 수 없었다. 머릿속이 복잡했다. 최근 들어도로 난장판이 되어 몸에 이상 증세가 나타났다. 약국에서 약을 다섯 가지는 사서 가방에 욱여넣었다.

혼자 있고자 해도 혼자 있지 않았다. 혼자 있으면 잠식되는 건 순식간일 것이다. 솔직히 환기가 시급했다. 눈물 훔칠 곳이 마땅하지 않았다. 삼 개월을 쉬었음에도 쉰 것 같지가 않았다. 도망치고 달아나다가 막판에 와서야 돌부리에 걸려 넘어진 듯했다.

차라리 네가 아닌 아예 모르는 이와 마주 앉아 고민을 털어놓고도 싶었다. 우린 서로 너무 많은 걸 알고 있고 내가 네게 숨기는 게 없단 건 당연하다만 그래도 한편으로는 날 아주 모르고 알 리 없는 낯선 이와 가끔 진솔한 대화를 나누고 싶다. 그러며 위로를 건네진 않는 거다. 걱정을 하지도 않는 거다. 단지 들어주고 마는 거다. 내일이면 잊는 거다. 그렇게 하는 거다. 모르는 사람이니 각자의 인생이다. 술 한잔 섞여 있으면 슬픔의 농도가 짙어질 것도 같다.

사람이 슬픔이 극에 달할 경우 어떨까. 나를 예로 들자면 한 날은 시한부 판정을 받은 것 마냥 손까지 덜덜 떨어가며 펑펑 울었고 다음 날부터는 감정을 잃은 사람처럼 동태 눈깔이 되어 살았다. 머릿속엔 재만 남은듯했다. 홀라당 다 타버리고 공허해졌다. 정처 없이 거리를 떠돌았다.

나는 평생 이대로 일어설 수 없을 거라 단언했었다. 하지만 차츰 시간이 지나고 완전한 회복은 불가능하다만 어느 정도 숨을 쉴 수 있는 상태에 오르게 되었다. 딱히 경험해 보지 않아도 되었을 법한 일들이었으나 그게 분명 날 성장시키기는 했을 거다. 이게 좋은 영향이라고는 결코 못하겠다.

누구는 성숙해질수록 순수와는 거리가 멀어진다고 한다. 실제로 네이버에 성숙과 순수를 검색할 경우 많은 이들이 '성숙하면서 순수할 수도 있는 건가요?' 질문한다. 스크롤을 눌러 읽어 내리던 중 유독 눈길이 오래 머물렀던 답변이 있었다. [순수하다는 것은 때 묻지 않았다는 말이고 성숙하다는 것은 많

이 성장했다는 뜻인데 때 묻지 않게 성장을 하였다면 순수하면서도 성숙할 수 있다고 생각합니다.]

나는 아직 성숙의 단계를 오르진 못했다만 점차 순수를 잃어가는 것 같다. 맨발로 들어선 곳이 진흙탕이었다. 남을 탓하진 않는다. 어찌 보면 자처한 걸 수도 있겠단 생각을 종종 한다.

드라마 <스물다섯 스물하나>에선 백이진이 나희도에게 '난 맨날 잃은 것에 대해서만 생각해. 근데 넌 얻을 것에 대해서 생각하더라. 나도 이제 그렇게 해 보고 싶어.'란 대사를 했다. 대입해 보면 너도 마찬가지이다. 넌 얻을 걸 먼저 떠올려 행복 회로를 굴렸다.

반면 난 행운이 와도 불행을 먼저 짐작하느라 즐길 수 없었다. 그래서 행복할 줄을 몰랐다. 복에 겨운 소리도 자주 했다. 한때는 널 보며 행복을 연습해 볼까, 했다. 한데 그런 네가 울상이다. 행복을 배울 길을 잃는다. 또또 잃은 것 타령이다. 이러니 네

가 행복해야 한다. 오죽하면 네 슬픔을 알아채지 못
하고 싶단 못된 생각까지 한다. 팔베개를 하여 너를
재우고 싶다. 악몽은 잊힐 거다.

허공에 불러보는 이름이 있다는 것

너도 힘들 때마다 떠오르는 사람이 있나 싶다. 줄 곧일 수도 있겠다. 마음 한구석 꾸준히 품고 사는 추억의 인물들.

몰아치는 업무를 겨우 마무리한 뒤 피로해하다가 마침내 바깥으로 나왔을 때. 저만치서 날 보며 빙긋 웃어줄 것 같은 사람. '오늘도 많이 힘들었지?' 비록 환영일지라도. 실재하지 않는다 한들 몹시도 선연하여 당장이라도 달려가 안길 수 있을 듯한 사람. 그 얼굴 보는 찰나 경직되었던 몸이 느슨해지고 숨통이 탁 트여 눈물이 핑 돌도록 하는 사람.

대중교통을 이용하는 순간에도 그렇다. 이어폰 너머 들려오는 음악에 집중을 다 하고 있노라면 가

만히 옆에 와있는 기분이 든다. 달걀을 쥐듯 조심스
레 나의 손을 움켜쥐며 '다 괜찮아'하거나 '왜 그런
표정을 짓고 있어'할 것 같다. 그러할 경우 지그시
눈을 감는다. 조금이라도 오래된 체온을 기억해 내
려 애써본다.

　또한 편의점에 들러 이리저리 코너를 구경하다
가 달랑 음료 하나만 사와 테이블 앞에 앉았을 때.
어디선가 툭 튀어나와 '왜 혼자 궁상떨고 그래' 장
난스레 물어올 것 같다. 그러고는 그간 있었던 일들
에 관해 세심하게 하나하나 질문할 것 같다. 그럼
난 조금은 담담해진 어투로 전부를 쏟아내고는 진
실로 웃을 수 있을듯하다. 이런저런 일들이 있었어.
누구에게도 말 못 할 사연이 있었어. 그걸 지나오느
라 무척 힘들었는데⋯실은 다 지나갔다고도 못해.
아직 건너는 중이야. 마지막 말을 마치자마자 '고생
했네' 다가오는 손길에 마냥 머리를 내밀며 그제야
모든 걸 비워낼 수 있을 듯하다.

이토록 어떠한 사람들은 이미 과거가 되었지만 곁에 남아 여전히 나를 다독이고 일으킨다. 물론 그들로 인해 울게 되는 날들도 허다하다만. 그래도 마음을 나누었음을 후회하지 않으련다. 무심코 입은 재킷 안쪽에 자리 잡고 있던 오래된 쪽지를 발견하듯. 본의 아니게 평생 간직하게 되는 사람과 추억이란 게 존재하는 거다. 좋았다고, 혹은 나빴다고 따지려 들 수 없을 정도로 소중했던 그런.

어쩌면 나이를 먹는다는 건, 남몰래 허공에 불러보는 이름이 늘어가는 일인 것 같다.

너의 성장통을 함께하며

마냥 무너져있으면 어떡해. 이불 걷고 일어나서 환기도 좀 시키고 청소도 좀 하자. 밥도 챙겨 먹고. 비타민 안 먹은 지 오래됐지. 그대로 남아있네. 누구한테 시위하는 것도 아닌데 이렇게 망가져 있으면 뭐 해. 약은 그만 줄이고. 너무 의존해서는 안 된다니까. 잠을 하도 자서 더 아프겠다. 네가 좋아하는 떡볶이라도 먹으러 갈래. 아님 요 앞 카페에 신메뉴 나왔다던데 디저트라도 먹으러 가볼래. 어제는 얼마나 울었어. 얼굴이 말이 아니네. 너를 아끼는 사람들을 생각해서라도 힘을 내야지. 하기야 더 이상 힘이 없는데 어떻게 힘을 낼 수가 있겠냐.

네 마음 다 알아. 뭐라 하는 거 아니야. 근데 그래도 난 네가 다시 잘 살아가는 모습 보고 싶어서 그러는 거지. 이런 너를 지켜보는 내 마음은 어떠겠어. 어디서 본 글귀였나. 영화였나. 슬픔에게도 온전히 슬퍼할 시간을 줘야 한대. 너는 지금 그 시간을 지나고 있는 건가. 남은 슬픔 다 흘려보내고 게워내고 나면 네가 다시 웃는 날도 오는 건가. 그런 거라면 기다려줄 수 있다만. 완전히 슬픔에 잠식되지는 않길 바랄게.

너의 성장이 유난히 아프네.

매 순간 극복이 일어나야
하는 건 아니기에

　안 좋은 일들이 한꺼번에 몰려올 수도 있다. 그럴 때마다 매번 무너지기보다는 이후로 언젠간 좋은 날이 올 거란 희망을 품는 거다. 작은 일에 일희일비하지 않도록 감정을 잘 다루는 일. 이게 요즘 가장 집중하고 있는 포인트이다.

　살다 보면 무수한 불행과 행복이 찾아온다. 누군가에겐 불행이 더더욱 커다랄지도 모른다. 행복은 아주 작아 하루에 5분만큼의 분량도 나오지 않을 수도 있다. 하지만 그럼에도 우리, 그 5분만큼은 넉넉히 행복할 수 있기를. 지나간 것에 얽매이지 않고 아직 오지 않은 미래를 불안해하지 않기. 따스해진 날씨를 마음껏 만끽하며 산책도 하고 걷다가 마주한 노을을 카메라로 담아보기도 하며 잃어버린 낭만을 평범함으로 채우자.

　이전엔 '다들 그렇게 살아'란 말이 끔찍이도 싫었
다. 나의 아픔을 가볍게 여기는 듯하여서였다. 그러
나 지금의 난, 그 말을 믿고 싶다. 다들 이렇게 사는
거라면 좋겠다. 내가 지나온 슬픔들이 누구나 겪을
법한 흔하고 별것 아닌 거였으면 좋겠다.

길고 긴 너의 우울

널 사랑하여 이해되지 않는 것들이 이해되기도 했다. 도무지 납득할 수 없는 상황에서도 너라는 이유 하나만으로 고개가 끄덕여지기도 했다. 초반과 다른 모습에 실망을 할 때도 종종 있었다만 그것을 이겨내는 것이 사랑이라고 감히 여겼다. 항상 열정이 넘치던 너는 이제 스트레스를 이기지 못하여 온종일 잠을 잔다. 커튼 뒤에 숨고 이불을 이마 끝까지 덮어 저만의 굴을 만든다. 내가 손 뻗어 할 수 있는 일이 무엇이 있을까, 고민한다.

사랑을 하면 달라지는 점이 수두룩했다. 그중 난 좋은 점만 속속들이 주워 먹었다. 이따금 너의 눈을 피한 적도 한두 번이 아녔다. 현재의 지친 푸석한 얼굴을 가만 매만져보고 있노라면 지난날의 내가 발각되는 듯하여 부끄러워졌다. 동경과 존경을 넘어선 시간이 있었더란다. 이만 네가 기지개를 켤 수 있도록 등 뒤에 서서 길쭉한 팔을 잡아당긴다. 채찍질이라 하면 정 없고 재촉이라 하기엔 강요가 되는 것 같다. 구사할 수 없는 마음으로 너를 움직이게 할 수 있다면 좋으련만 안타깝게도 내겐 그런 능력이 허용되지 않은 범주인듯했다.

부스스한 네 머리카락을 정리해 준다. 옷을 골라 입히고 겨드랑이 사이 팔을 끼워 넣어 일으켜 세운다. 실제 이러지 않았다 한들 영혼끼리의 시뮬레이션이라면 가능케 된다. 나는 네가 우울에 빠져있기를 원하지 않는다. 이 세상에서 사랑하는 이의 무너짐을 아프지 않은 심정으로 부릅뜬 채 바로 볼 수 있는 사람이 과연 몇이나 될까? 어떤 때에는 나의 사랑이 네게 무력하다 여겨진다. 무기력한 행색을 살필 적마다 더 이상 너한테 내 사랑이 힘이 되지 않는구나, 맥이 빠진다.

네가 얼른 짙은 그림자를 떨쳐내고 나왔으면 한

다. 손을 잡고 발을 내디뎠으면 한다. 인제 막 걸음마를 뗀 어린아이처럼 위태롭다 하여도 무관하다. 내가 잡아주면 되는 문제라 생각한다. 어쩌면 난 널 위해 튼튼한 두 팔과 다리를 가졌는지도 모른다. 언제나 받들 준비를 한다. 쓰러져도 그게 내 품이기를 기꺼이 자처한다. 도움이 될 만한 면들을 가져와 하나둘씩 해결한다. 이렇게 둘이라면 어려울 것이 전혀 없단 얘기를 전하려 한다. 우리는 우리일 때 가장 강한 인간이 된다. 우리는 우리로 단단해진다.

미열을 앓는 이마 위로 손을 얹고 물수건을 얹고 정갈한 마음을 얹는다. 네가 가진 아픔 상처 전부 빠짐없이 나눠 짊어지고자 한다. 너를 아프게 하는 것들이 싫고 때로는 너무 작은 것들에게도 상처를 입는 네가 싫다. 그리고 제일 싫은 건 가끔씩 네게 상처를 입히는 나 자신이라는 점이다. 네가 상처 그득한 눈으로 나를 마주할 때면 나 스스로가 그리도 형편없어질 수가 없다. 해선 안 되는 일을 저지른 꼬마 같고 누군가 애지중지하던 잔을 실수로 넘어뜨려 기어코 깨뜨린 장본인 같다.

내가 한창 눈물이 잦아지던 시기에 네가 했던 말이 뇌리에 박혔다. 울면 지치니까. 네가 나한테 지칠까 봐⋯. 나는 왜 너만 보면 눈물이 터져버렸을까? 참지 못하고서 엉엉 우는 내 뺨에 제 뺨을 맞대는 너를 더욱 세게 안았다. 생각해 보면 넌 나의 볼품없는 과거를 함께 극복해 주었다. 한데 그러면서도 너의 우울을 제대로 받아주지 못하는 나는 심사가 뒤틀린 사람 같기도 하다. 나의 모든 면들을 사랑한다는 너에 반해 우물쭈물하는 나는 무슨 연유에서였을까.

대단한 사람을 대단하게 여기는 것보다 누군가를 대단하게 보는 시선이 중요한 것이다. 시선 따라 마음의 바탕이 달라진다. 너를 대단한 눈으로 보려 한다. 네가 짓는 표정과 행하는 마음. 너의 우울과 기쁨. 일기장에 칠해진 먹구름과 밝은 해. 이해할 수 없는 언어와 이해받고자 하는 면모. 네가 적는 모든 문장들. 헤아린다는 건 짐작하여 가늠하거나 미루어 생각한다는 것. 유심히 살핀다는 것.

나는 너한테 본인 상태에 맞게 골라 쓸 수 있는 든든한 지원군이고 싶다. 즐거이 함께 내리는 비를 맞거나 너의 우울을 있는 힘껏 걷어주고 싶다. 가히 사랑으로 일으킬 수 없는 건 없다고 속삭이고 싶다.

이별에게도 시간이 필요해

　사랑에 속수무책인 우리. 어떠한 사랑은 진행 중인 내내 불타오르는 법이 있는 반면 또 어떠한 사랑은 이미 다 끝나버린 후에야 뒤늦게 사랑이었음을 깨닫는 경우도 있어요. 어느 쪽이든 간에 관계가 한창이라면 좋을 테지만 종결 난 이야기라 하면은, 꽤나 가슴이 아릴 테지요.

　하지만 그럼에도 세상은 굴러갑니다. 참 신기한 게 내 마음은 지진 나고 부서지고 난장판이며 슬퍼 죽겠는데도 불구하고 세상은 하루아침 사이 뒤바뀌는 일 없이, 여전히 덥고 여전히 얼추 시간 맞춰 버스가 도착하고 비슷한 사람들과 한 공간 안에서 부대끼게 됩니다. 인생은 그저 얼렁뚱땅 그 안에 속하기만 하면 덩달아 계속되기 마련인 거 아닐까, 생각이 들 정도로요.

사랑이 끝났거나, 사랑을 놓쳤거나 나의 일부였던 한 사람이 빠져나갔음에도, 피부처럼 가까이하던 사람과 멀어졌음에도, 뼈아픈 이별을 겪었음에도 말이에요. 당장은 괜찮지 않을 수도 있어요. 아니, 분명 그럴 테지요. 다만 이 악물고서라도 늘 보내던 보통의 하루를 한 밤, 두 밤, 마무리하고 견디다 보면 점차 좋아질 거예요. 어느새 나도 모르게 불현듯 '어? 이제 괜찮다' 깨닫게 되는 날이 올 거예요.

만일 그날이 더디게 오더라도 마냥 주저앉지 않고, 이 사람과는 끝났지만 내 마음에서의 이별하기까지의 시간을 충분히 주도록 해요. 결국에는 다 지나갈 겁니다.

가끔은 사색을 즐기던 때가
그립기도 하다

 영원할 줄 알았던 감동은 쉬이 저물었고 날 지극히 슬프도록 만들던 것들도 예전만치 영향을 주지 않는다. 아울러 좋아하던 것들마저 시시해졌다. 약해질 때마다 습관처럼 찾게 되는 얼굴을 이불처럼 덮은 채 새우잠을 청한다. 내일이면 달라져 있을 거란 일말의 기대감도 없는 꿈이다. 난 노상 무언가에 얽매었고 그게 본인임을 깨닫게 된 건 부쩍 요새 들어서였다. 네 편이야, 그 말이 저릿했다. 거짓이란 걸 알면서도 얼렁뚱땅 속아 넘어가게 했다.

 살아가며 간혹 어쩌다, 어떠한 우연을 기점으로 전적으로 믿고픈 이를 만나기도 한다. 무정한 짓을 하든 간에 무조건적으로 애정을 품으며 달리 고백을 하지 않더라도 내가 그 사람을 대하는 태도와 자

세에 있어 결국엔 모조리 사랑이었음을 깨닫게 하
는 존재들. 구태여 사랑임을 드러내지 않더라 한들
기어이 사랑이었다며 시월의 마른하늘에 퍼석하게
읊조리도록 하는 것들. 나로 하여금 묵은 감정들을
종잇장에 풀어헤치고 기록하도록 돕는 것들.

　삶을 다소 감상적인 관점으로 대하는 면에 있어
긍정이 되는 점은 추호도 없었다. 그 안에서 벗어나
려 발버둥 치는 가엾은 과거의 나만 유효했다. 한
대상을 오래도록 탐구하다 보면 남는 게 무엇이 있
을까? 사람마다 적합한, 아주 딱 들어맞는, 효과 직
방인 위로 법이란 게 있나? 보편적인 응원으로 누
구나 힘이 되진 않지 않나? 단순히 사랑만으로 충
족될 수 없는 결핍임을 알아챘을 때. 사람은 그때
싱거워지고 두루두루 시원찮아진다. 인생이 한물간
tv 프로그램 같다. 더는 보고 싶지 않고 기다려지지
않는. 시청률은 날이 갈수록 하락세를 겪는.

　본인을 궁금해하지 말라던 이의 속뜻이 아슴푸레
이해되던 날이 있었다. 그날을 기점으로 난 더 이상

누군가를 깊이 알기 원하지 않게 되었을뿐더러 날 알려주는 면에 있어서도 꺼려 하게 되었다. 뭐든 적당한 거리 유지가 필요했다. 그렇지 않을 경우 충돌을 면할 수 없었다. 관계는 병들고 더는 손쓸 수 없는 상태로 데려다 놓았다. 상하는 감정은 냉장고에 잘 넣어두고 일정한 양을 소분하여 적절히 사용해야 했다. 난 항상 과하고 이상을 기대하여 탈이 나는 거였다.

이제 파이팅! 이란 말에도 맥없이 고꾸라져 벽에 이마를 가져다 댄다. 사람의 마음도 이따금 건전지처럼 갈아 끼우고 싶다.

*

청춘은 한창인지라 뭐라도 해야 할 것 같고, 그렇지만 명확히 뭘 해야 할지 도무지 판단이 서지 않는 계절이었다.

내 슬픔이 불공평하게 여겨질 때

무의식중에서도 좋았던 날들을 거듭 상기시키게 된다. 머릿속 영사기는 좀처럼 멈출 기미를 보이지 않고 고장 없이 잘도 돌아간다. 나는 그 탓에 또다시 추억을 회상하며 사뭇 감성적인 사람이 되어 시도 때도 없이 울컥하게 되는 것이다. 생각을 하려 한 것이 아니다. 생각이 속수무책으로 나서는 걷잡을 수 없을 지경으로 번지게 된다. 어느 책의 한 페이지 귀퉁이에는 '사랑의 속성은 속절없음'이라 하였던가. 사랑을 하였기에 아파할 수 있는 거라 믿는다.

사람은 가장 약하고 보잘것없을 때. 괴롭고 외롭고 무엇도 할 수 없는 구덩이에 빠진 듯한 상황에 놓이게 되었을 때. 비로소 성장을 한다고 한다. 많은 것에 얽매지 않기로 했다. 물론 난 이런 식으로 자라나고 싶지 않았다. 홀로 감당한, 그리고 앞으로 감당해야 할 사연을 품고서 어찌어찌 스스로를 지키며 살아가야 한다. 더 이상은 무언가를 잃지 않기 위하여 가까스로 마음을 다잡아봐야 한다. 그러려면 좋았던 날의 추억은 어쩌면 미안하게도 걸림돌이 될 수 있겠다.

나는 그 기억으로부터 벗어나기 위해 전력을 다해 달리고 달리나, 앞에 놓인 미소 한 번에 걸려 꽈당 넘어지기를 셀 수 없을 정도이다. 애초에 이 이야기의 필름을 끼워서는 안 되는 거였더라고 체념한다. 무릎을 툭툭 털고 일어나 공허한 하늘을 멍하니 올려다본다.

유치하게도 참, 나를 아프게 한 이들이 공평하게 불행한 거라면 좋겠다.

이토록 어지러운 마음에도
지지 않고 살아가기

'누가 너무 미우면 사랑해 버리라던, 이옥섭 감독
의 말을 접한 후로 곰곰이 생각에 잠겼던 때가 있었
다. 그렇다면 만일 너무 사랑했으나 너무 미워져 버
린 상대라 하면은? 더 사랑하지 못해서 그랬나? 내
가 덜 사랑하여 미움이라는 결과를 초래해버린 걸
까? 내 사랑이 부족했을까. 꼬리에 꼬리를 문 질문
들이 이어졌다.'

재작년에 써놓았던 글을 다시금 꺼내 읽는다. 요
새 종종 떠오르는 문장들이다. 일이 바빠졌다. 늘
해오던 패턴과는 조금 달라진 면도 있어 조금씩 적
응해 가는 중이다. 잠을 부쩍 늦게 자기 시작했다.
하루를 보내고 집으로 돌아와 혼자인 시간을 보내
다 보면은 어느덧 훌쩍 열두시를 넘어버린다.

원래 열시면 까무룩 잠이 들었었는데. 쩝. 이래저래 생각이 많다. 가끔은 머리와 마음의 용량이 전부 다 찼다는 느낌을 받게 된다. 그런 날엔 가차 없이 속내를 비워버리고픈 충동이 일어나긴 하나, 별다른 방법이 없으니 묵직한 숨만 연거푸 내쉬고 마는 거다.

오늘 아침 여덟시가 넘은 시각. 지하철에 몸을 싣고서 문득 든 생각이, '많은 사람들을 사랑하는 일은 참 어려운 거구나'였다. 사람을 사랑하는 일은 그 사람의 인생을 통틀어 애정 한다는 것이다. 그 사람의 우울도 시도 때도 없이 들어줄 준비가 되어 있다는 의미이고, 그 사람의 기쁨을 온전히 나의 기쁨인 양 순수하게 받아들일 수 있다는 거다. 과연 나는 그럴 수 있었나? 그랬던 과거와 현재 잔뜩 해진 스스로를 비교하며 아랫입술을 깨문다.

또 한 가지 되짚어본 건, 그간 내가 받았던 '애정'에 관해서이다. 난 이제 한 사람의 감정까지 감당하기 버거워진 처지인데, 이렇게 되어보니 그간 나를 신경 써준 사람들의 다정이 얼마나 대단한 거였는지를 새삼 깨닫게 된다. 행여나 내가 서글플까 매번 전화를 해주던 C와 먼 길 돌아 나를 보러 와준 S. 바쁜 일상을 살고 있는 와중에도 나와 관련된 글을 발견할 시엔 대뜸 메시지를 전송해 오던 J. 그리고 나를 데리고 어디든 가주었던 A. 끊임없는 사랑의 E.

그릇을 넓혀 그들에게 보답하고 마음으로 진 빚을 갚아 나아가야 한다. 한데, 자꾸만 피로함에 베개에 얼굴만 묻게 된다. 여간 미안한 일이 아니다. 이런 식으로 미루다 보면 분명 후회할 일이 발생할 게 뻔한데 말이다. 서둘러 정신을 차려야지.

야근을 하고 집으로 돌아오니 체력이 하나도 남지 않았다. 곧장 씻고서 침대 위로 고꾸라진다. 나는 분명 사람을 사랑했다. 사람을 무진장 좋아했다. 그러다 사람에게 수차례 당하고 미워졌다(나 역시 누군가에게는 수없이 미안해야 할 수도 있다).

이제는 사람을 사랑하진 않는다만, 여전히 사람이 궁금하고 지나가는 사람들이 어떤 생각을 하고 있을지, 저 사람은 어떤 인생을 살아왔을지 얘기를 듣고 싶어진다. 희한하다. 게다가 여전히 작은 것에 뛸 듯이 기뻐하기도 하고 감동을 받기도 한다. 비록 전보다는 절반도 못할 정도이다만(이전엔 대체 얼마나 더 그랬던 거냐는 말도 주로 듣는 편이다).

Y 님에게 왔던 메시지를 재차 읽어본다. "주영님도 사람한테 상처받은 적이 있었을 텐데. 아직 사랑하고 있어서 신기하게 부러운⋯ 저는 인간이 싫긴 합니다. 근데 이렇게 주영님처럼 다정한 사람 때문에 세상은 살만한 거 같아요!!" 멍해졌다. 아직 내가 따뜻하긴 한가? 의문이 들었고 정작 근래엔 아주아주 가까운 이들에게 투덜거리고 엄한 데 가서 성질을 내기도 한 스스로가 부끄러워졌다.

심지어는 현재 남을 제대로 안아주지 못하는 인간이 되었다고 느끼는 시점이었다. 또다시 못난 인간의 형상을 하지 않으려 안간힘 써야 한다. S가 떳

떳하면 된다 했을 때, 그러지 못한 나의 지난날들에
눈살을 찌푸렸다.

해몽

　나를 달래는 목소리가 좋아서 한참을 투정 부리고 나를 걱정하는 태도가 좋아서 한동안 시름시름 앓고. 일부러 당신의 눈길을 끌고자 무슨 일 있는 척, 사연 있는 척하는 눈빛과 몰골을 하고 어깨를 축 늘어뜨리며 터덜터덜 힘없이 걷고. 우리는 함께 바다도 보고 산도 본 적이 있는데, 대체 그게 다 무슨 소용이 있지?

　내게 무용한 것 하나 없는 당신이지만 정작 당신 앞에서의 난 무 쓸모가 되어버리기 그지없었다. 당시엔 당신의 친절과 상냥함을 곧이곧대로 믿는 순진한 구석이 있었다. 그러나 머리가 커버린 지금 당신이 이득을 취하기 위해 나를 가지고 논 것임을 안다. 그래도 달라지는 건 없다. 난 당신을 사랑했고 아마 이건 지구에서 내가 제일이었던 듯하다.

　당신의 이름을 차마 부를 수 없어 참 많이도 적었
다. 공부하려고 산 공책 위에 당신 이름을 적고 길
을 걷다 마주한 모래 위에 당신의 이름을 적으며 서
리 낀 창문 위로 당신의 이름을 적었다. 습관처럼
그랬다. 적지 않으면 불안한 사람처럼. 그리고 연이
어 누가 볼까 황급히 지워버리기까지. 찌질하기 짝
이 없었다. 짚신도 짝이 있고 저마다 제 애인을 붙
잡고서 팔짱을 끼고 포옹을 하고 뽀뽀를 하기 바쁜
와중에 난 혼자였다.

　벚꽃이 필 무렵이면 당신과 같이 걷는 상상을 하
고 눈이 올 때면 당신과 함께 메리 크리스마스를 외
치는 장면을 그렸다. 빼빼로데이엔 당신을 주기 위
해 부러 다른 사람들에게까지 빼빼로를 돌렸고 티
안 나게 당신이 있는 곳이라면 마다하지 않고서 참
석했다. 당신이 나를 어떻게 볼지 궁금해하며 이미
지 관리에도 신경을 기울였다. 내 모든 세포가 당신
한 사람에게만 반응했다. 변화했다. 당신 앞에서의

내 모습이 나쁘지 않았다. 적당히 수줍어지고 적당히 말수가 많아지는 모습이 마음에 들었다.

몰래 겹치는 액세서리와 비슷한 색 계열의 옷을 사고 설레기를 일쑤였다. 누가 들으면 "왜 그렇게까지 해?" 단골 질문이 튀어나왔다. 상아를 만나 당신을 이야기했다. 당신 같은, 정말로 내 스타일인 사람을 다시 만날 수 있을까 얘기했다. 그리고 덧붙여 당신을 사랑하지 않는다고 했다. 더 이상 사랑하지 않는데 신경은 쓰인다고. 더는 사랑하지 않지만 당신에게서 사적인 연락이 오면 그렇게 기분이 좋을 수가 없다고. 온종일 싱글벙글인 상태라고. 상아는 의아해했다.

"사랑하지 않는데, 그럴 수 있나."
"그러게 사랑하지 않는데."
진짜 진짜 사랑하지 않는데. 더는 당신의 행복을 함께 하는 사람을 질투하지 않는데. 미워하지 않는데.

거두절미하고 당신이 감기 한번 걸리지 않고 건강하기를 바랐다. 지겨워진 사랑에 관한 노래와 아름다운 시들. 운명은 언제나 나의 예상을 비껴갔다. 잘못되어도 단단히 잘못되었다. 왔던 길을 되돌아갔다. 손깍지를 낄 수 없다면, 추호도 나와 맞잡을 마음이 없다면, 당신의 손목이라도 나 홀로 지그시 잡고 있고 싶었다. 당신의 응원만 있다면 무엇이든 해낼 수 있을 듯한 마음.

마음이란 건 내 마음대로 되지 않아서. 내 마음은 당신에게. 당신이 내 마음의 주인. 모든 작용의 원인이 되어서. 나로 하여금 나를 구하기도 하고 버리기도 하며. 당신은 내게 매우 해롭고 그로 인해 무해한 사람이 되고자 했다. 암만 당신이 내게 고통이라 해도 나만은 당신에게 아무런 통증을 주지 않는 인물로 기억되고 싶었다. 당신이 편히 쉬고 싶을 때마다 찾는 나무. 현실 속 잃지 않을 낭만. 따뜻했던 추억. 순정. 이를테면 이러한 것들로 남고 싶었다. 잊히고 싶지 않았다.

아직도 종종 꿈에 나온다.

당신은 그때마다 눈시울을 붉힌다.

나는 이 꿈을 어떻게 해석해야 할지 몰라

난감해진다.

어이, 내 행운 돌려줘

친구가 작년 생일날 보내준 화분엔 코팅된 네잎
클로버가 함께 포장되어 왔었다. 난 곧장 그걸 지갑
속에 넣어두었고 그로부터 며칠 후 방안을 정리하
는 도중에 구석에서 또 다른 네잎클로버 코팅물을
발견하여 그것 역시 바로 지갑행으로 쏙 집어넣었
다. 내게 행운을 가져다줄 것 같았다. 부적처럼 맹
신한 건 아녔다만 내심 그러지 않을까? 기대했다.
언제나 행운은 내게 멀리 있고 행복과는 절대 친해
질 일 없을듯하여서.

그러던 어느 날 친구 J를 만났다. 녀석이 무심코
책상 위에 놓인 내 지갑을 열었다가 네잎클로버 두
개를 마주했다. 하나 달라더라. 강아지 마냥 큼지막
한 두 눈을 초롱초롱하게 뜨며 한껏 들뜬 목소리로.

아, 내 행운인데. 망설이는 척하다가 실컷 생색내며 하나를 건네주었다.

"내가 가진 행운 너 하나 주는 거다."

녀석이 여태 그걸 보관하고 있는지는 모르겠으나 난 간혹 되는 일이 없을 때마다 J에게 내 행운을 나눠주어 그런 거라며 의심한다. 웃어넘기자고 하는 소리이다.

사랑이 외로워졌다

.

우리 사랑하는 데에도 외로워진다면 이건 사랑이 맞는 것인지, 당신을 향한 질문을 수차례 적었다가 지우기를 반복한다. 당신은 매일 한 발자국씩 늦었다. 생각이 많은 나를 알면서도 툭 던져놓고서 사라졌다. 또한 함께 기뻐야 할 때에 없었으며 같이 화내고 슬퍼야 할 시에도 난 덩그러니 남아, 홀로 바삐 상념에 허우적거려야 했다.

우리가 만난 계절이 지나간다. 꽃피울 때 맞이하여 점차 꽃잎이 떨어지고 단풍이 물들기 시작했다. 곧이어 앙상해지는 겨울이 찾아올 터인데 텅 빈 마음은 꾸준히 구멍의 크기를 넓혀, 이제 암만 덮어내려 해도 알맞은 뚜껑을 찾아내기 어려울 지경이다. 통화가 꺼진 복도. 엘리베이터에서 내려 몸을 기댄 채 쭈그려 앉았다. 이어폰을 끼우고서 잠자코 노래를 듣는다. 좋아하는 가수의 신곡이 나왔더란다. 가사 한 줄 한 줄 전부 내 심정 같은 셈이다.

분명 어제까진
그대 맘을 찾아보려 했는데
이젠 너무 힘든 걸

그만 할래요
이젠 알아주기 싫어요
내가 예민한 게 아녜요
당신은 나를
소중하게 대하지 않고 있어요

_ 알레프 <이건 사랑과는 멀어>

센서등이 꺼지고서 비상구 안내등만이 희미한 불빛을 낸다. 감정 교류. 그 간단해 보이는 네 글자가 어려워진다. 이전부터 그랬다. 구월 첫 주쯤 적은 메모가 아래와 같다.

[몇 마디 나눠본 적 없는 사람도 날 어느 정도 파악하고 알아맞혔다. 사람들 앞에선 한없이 밝고 통통 튀는듯하나, 본래의 텐션은 어떠할지, 조용한 곳과 사람이 붐비지 않은 곳을 선호한다는 점, 내향적인 면이 은근 있다는 점, 등등. 꽤나 놀라웠다.

동그란 눈과 입을 한 채로 "와, 저 지금 감동 먹었어요"했다. 날 알아주는 사람이 있다는 건, 충분히 벅차오를 일이었다. 나란히 있던 밤공기가 달라졌다. 그러면서 문득 든 생각은, 이토록 서먹한 관계의 사람도 나를 잘 아는데. 왜 어째 가장 가까운 이는 나를 몰라도 한참 모르는가였다.]

나는 당신을 모른다. 알만 하면 달라진다. 우리는 겨우 한걸음 가까워졌다 여길 시 두세 걸음쯤 멀어져 있었다. 서로에 대한 정보가 쌓여갈수록 더욱 모호해지는 느낌. 쓸쓸해졌다. 코를 훌쩍거렸다.

사랑이 힘이 되지 않는다는 사실이 끔찍이도 공허했다. 고로 묻자면 사랑이 아닐 경우 대체 무어가 힘이 될 수 있는지, 역시나 외로워졌다. 일제히 고개를 숙였다.

화가 난 뒷모습

겨우겨우 잠을 잔다 하여도 새벽에 몇 번씩 깨어
난다. 졸린 눈을 비비적거리며 핸드폰에 표시된 시
간을 확인한다. 세시. 네시. 다섯시. 일곱시. 평범하
게 푹 잠을 자지 못하는 건 어릴 적부터 해왔던 것
이기에 익숙하긴 하다. 근데 그게 부쩍 더 심각해졌
을 뿐이지. 퍼석해진 피부를 감싸 쥔 채 앓는 소리
를 낸다. 으아, 피곤하다.

출근 버스에서 이름 모를 여성분과 노인분이 다
투는 걸 목격했다. 여성분은 잔뜩 열이 난 얼굴로
언성을 높였다.

"내가 여기서 내리든 말든 네가 무슨 상관이야!"
솔직히 에어팟을 끼고 있던 탓에 앞전 상황은 모

르겠다만 보통 일이 아닌 건 직감할 수 있었다. 이어서 노인분께서 무어라 중얼거리셨다. 잘 들리지 않았다. 씩씩거리는 여성과 한숨을 푹푹 내쉬는 노인. 버스 안엔 정적이 일었다. 벨을 눌렀다. 여성분이 내리고 나도 뒤따라 내렸다. 여성분은 단 한 번도 발걸음을 멈추거나 뒤를 돌아보지 않았다. 오로지 전진.

사람이 화가 날 경우 뒷모습마저 화가 나 보이는구나, 처음 깨달았다. 아침 공기는 제법 차가웠다. 맨 팔뚝을 문지르며 걸음을 옮겼다.

미움보다는 사랑을 더 주고 싶은데
나는 점점 모난 사람이 돼요

만일 당신이 있었더라면 좀 더 수월한 문제였을 수도 있겠습니다. 미운 짓만 쏙쏙 골라 하는 사람을, 암만 좋아해 보려 한다 한들 사사건건 시비를 걸어오는 인물을, 마냥 날 세우지 않고서 조금은 상냥하게 대하는 법을요.

누군가를 내 영화 속 주인공이라고 생각해버리면 된다는 이옥섭 감독의 말마따나 제 마음가짐 자체를 바꿔보려 하는데, 이게 참 여간 어려운 일이 아니네요. 어지간히 불편한 모양이에요.

이전에 친구가 한창 불안에 휩싸인 저를 보며 한 말이 있었죠. 그때 마침 장소가 카페였을 거예요. 친구도 어디선가 본 글이라며 알려주었는데, 갑자기 절반 정도 남은 음료 위로 치즈 케이크 부스러기를 몽땅 넣는 시늉을 하더라고요. 그러고서 덧붙이는 설명이,

"컵 안에 치즈케이크 가루를 넣고 물을 부어. 그럼 물이랑 같이 가루가 둥둥 뜬다? 그걸 막 숟가락으로 퍼내려고 해. 근데 컵 옆면에 달라붙고 아무리 퍼올려도 조금은 남아. 그래서 어떡하지? 하다가 그냥 물을 냅다 더 들이부어. 그러면 물이 넘치면서 그 가루도 따라 밖으로 흘러내릴 거 아니야?

난 뭔가 그런 거 같아. 고민이랑 걱정이 가루야. 물은 행복이고. 아무리 내가 퍼 올리려 고민하고 신경 쓰고 잊으려고 노력하고 암만 그래도 안 돼. 그냥 그 시간에 차라리 행복할 궁리만 하고 친구를 만나든 뭘 하든 활동적이고 생산적인 걸 하고 그래봐. 그렇게 하면 자연스레 걱정, 고민도 별거 아닌 게 되고 잊혀 있을걸."

였습니다. 주저리주저리 길어지는 걸 토씨 하나 틀리지 않고서 주워듣기 위해 열심히 귀를 쫑긋 세

읬던 기억이 있네요. 근래에는 전에 썼던 글이나 나눴던 대화를 되새겨보는 순간이 많아졌어요. 그중 하나입니다. 기억이란 게, 잊고 말고 자신의 의지에 따라서는 되지 않는듯해요. 내면 깊숙이 숨어있다가 무의식중 떠오르는 얼굴들, 당시 상황, 사건, 말들, 행동, 추가적으로 향기, 날씨.

의외로 저는 좋았던 날들은 잘 기억을 못 해요. 그래서 한때는 행복했던 적이 없다고 본인과 상대에게 다소 기만일 수 있는 문장을 잘도 발음하고 다녔죠. 따지고 볼 경우 그까짓 불행의 사연들은 뒤로 한 채 충분히 행복하다고 할 수 있을 만한 사람인데요. 어찌 되었든 간에 주변엔 사랑하는 사람과 사랑해 주는 사람들이 있고 먹고 싶은 걸 먹으며 가고 싶은 곳을 가고 듣고 싶은 음악을 듣고 있으니 말이에요.

최근 나는 나의 나쁜 면을 보았습니다. 대개 관대한 편이고 그러려고 하는 쪽이며 주로 "넌 동그라미 같다", "순하다", 식의 표현을 듣거든요. 그런데

요새 특정 인물에게 유독 까칠해지고 못되게 굴고 한껏 퉁명스러워지는 스스로를 발견하게 되며 엄청 별로라는 느낌을 받았습니다. 나 자신이 이런 면도 있는 사람이었구나. 사람을 바꾸려 하고 통제하려는 경향도 있는 사람이구나. 머릿속이 어지러워졌고 본인에게 실망했습니다.

사람은 끊임없이 자신을 알아가는 과정을 겪게 되죠. 본인을 들여다보는 일이 아픈 이유는 즉, 자신의 상처를 꼬집어 상기시키기에, 자신의 부끄러운 민낯을 봐야 하기에, 자신의 못난 모습을 인정하고 받아들여야 하기 때문에, 가 아닐까 싶어요.

있는 그대로를 사랑한다는 건 몹시 어렵다만 당장의 나에겐 꼭 필요한 마음인 것도 같아요. 속뜻은 어느 정도 나 편하고자에 가깝겠으나, 그리될 경우 해가 될 것은 아니니까요.

자꾸만 미운 방향으로 흘러가는 내 삶도 사랑해보고 싶고요. 늘 '이런 사람은 되지 말자'했음에도 불구하고서 점차 그러한 사람과 닮아가고 있는 자신을. 미운 짓만 골라 해 이마에 꿀밤 한 대를 시원하게 날리고픈 사람들을. 솔직히 미운 면이 없는데 내가 자꾸만 미운 면을 찾게 되는 인물을. 사랑하고 싶어요.

그 모든 걸 주인공으로 그리는 방법을 당신은 알고 있을 테지요.

잘 지내시나요. 실은 매일 안부를 물어요.

타임머신이 필요해

시간을 되돌린다면 그땐 나 후회 없는 선택을 했을까. 만나지 않았어야 할 사람들을 만나지 않고 가지 않았어야 할 장소에 가지 않고 하지 말았어야 할 말들을 하지 않았을까. 후회할 거리들이 투성인지라 체념하고 포기해야 하는 점들만 늘어가고 있는 걸까. 입술을 앙 다물고 피로한 눈가를 연신 비비적대고. 내게 있는 감정이 모두 소진되고 나면 기억으로부터 벗어날 수 있을까.

내가 잘못 살았다는 생각을 수십 번. 그러지 말았어야 했던 상황과 사건 속에서. '다 그래, 흔한 일이야' 나란히 앉아 밥을 먹으며 나를 위로하는 어른의 앞에서 깨작거린다. 도장처럼 찍힌 사연을 품고서 그럼에도 덤덤히 내일을 맞이하려 노력한다. '나아질 수 있다' 중얼거리다가 올해 운이 좋단 사주 풀이 한마디에 기대를 걸어보기로 한다. 만신창이가 된 마음을 꾸역꾸역 주워 담아본다. 울지 않아 본다.

내가 사랑한 것들은
나를 꼭 울게 만들었다

너를 안고 있으면 세상 슬픔은 다 잊은듯했다. 다
신 상처받지 않을 것처럼, 아니 애초에 상처 자체를
모르는 것처럼 사랑할 수 있었다. 온전한 마음을 주
었고 너로 인해 하지 않아도 될 법한 일들을 머뭇거
림 없이 나서서 할 수 있었다. 시간이 지나고 나서
는 그랬던 네가 이 지구상에서 제일 큰 아픔을 안겨
준 인물이 되었으나 내가 널 사랑했다는 사실을 부
정하고 싶지는 않다.

다만 잊고픈 날들이 많다. 너와 함께 다정했던 날
들을 지우고 싶다. 너랑 아름다웠던 날들은 내가 너
를 미워하는 일에 방해가 될 뿐이었다. 시도 때도
없이 이마를 짚고 붉게 충혈된 눈을 감았다. 항상
내가 아끼고 마음 준 것들은 나를 울게 만들었다.

그럴 수도 있는 거다

그런 일도 있는 거다. 그럴 수도 있는 거다. 그런 사람을 좋아할 수 있는 거고 그런 사람을 미워할 수 있는 거다. 나와 꼭 맞는 관계를 이어갈 수도 있는 거고 어쩌다 운 나쁘게 해로운 인연을 만나게 될 수도 있는 거다. 내가 느끼는 감정들이 잘못일 리 없다. 예민한 기질이 있을 수 있는 거고 이러한 점에서 화가 날 수 있는 거며 트라우마가 되어 특정한 말과 행동 또는 평범한 일상에서 트리거가 당겨져 왈칵 눈물이 쏟아질 수도 있는 거다.

남들이 흔히 경험하지 않을 법한 일들이 왜 내게만 벌어지는가, 싶어지다가도 어느 날은 누구에게나 흔하지 않을듯한 행운이 찾아올 수도 있는 거다. 우리는 저마다의 말 못 할 사연과 아픔 하나쯤은 마음에 품고 살아간다고 한다. 그렇다면 지나치는 이들과 대면하는 이들의 슬픔이 무엇일지 어렴풋이나마 짐작해 보곤 한다. 과거의 나를 지나와 현재의 내가 만들어졌다. 과거의 기억들이 선명히 자국을 남겨 암만 지워보려고 노력한다 한들 더욱 또렷해져 수차례 괴로움에 시달린다.

그럼에도 불구하고 잘 지내보려 안간힘을 쓰는 삶을 이어간다. 어쩌면 이런 까닭에 금방 피로해지고 방안을 굴 삼아 기어들어 가려 하는지도 모르겠다. 끊임없이 허우적거리는 머릿속과 난장판이 된 내면 안에서.

인생이 마냥 순탄하고 행복하다면 좋겠으나 안타깝게도 우리는 잘 짜인 각본대로의 삶을 선택할 수 있는 것이 아니니까. 자주 따분하고 이따금 뛸 듯이 기뻐한다. 대개 슬픔이 한 스푼 곁들여져 있다가 움푹 파인 상황에 놓이기도 한다. 나름대로 잘 해결하고 담담히 받아들이려 했던 것 같다. 양치를 하고 세수를 하고 머리를 감은 뒤 젖은 머리칼을 탈탈 털

며. 그래. 그럴 수도 있는 거라고 골백번 되뇐다. 그
럴 수도 있다.

좋은 사람이 되지 않아도 좋아

누가 뒤에서 널 욕하면 그냥 '그런가 보다'하고 말아. 누구한테 미움받거나 안 좋은 소리 듣는다고 해서 보통 네 인생에 크게 흠이 될 리 없어. 그런데도 맨날 그것에 골몰하고 집착하느라 정작 중요하게 여겨야 할 관계들을 놓치지 말고. 정말이지 네가 어떠한 것에 많은 시간을 할애하는 게 건강한 일인지, 진짜 소중한 것이 무엇인지 알기로 해.

그런 사람들은 되도록 상대하지 않도록 하고, 굳이 마주칠 수밖에 없는 상황일 경우 최소한의 예의는 지키되 '좋은 사람'이 되고자 하는 노력은 하지마. 적당히만 하면 돼. 돌아서면 잊고. 괜히 있었던 일 다시 끄집어와서 상기시키며 스트레스받고 상처받는 짓 하지 말고. 과한 상상과 나쁜 기억을 반

복하는 건 자기 자신을 해하는 거나 다름없어. 그럴
시간에 너를 아껴주는 사람들과의 대화를 늘려가.

우리는 행복을 바란다고 하면서도
쉽게 불행해진다

생각해 보자면 늘 나쁜 일만 있지는 않았을 거다. 안 좋은 날이 있었더라면, 분명 어느 정도 좋은 때도 있었을 테다. 단지 불행이 행복보다 짙어 눈치채지 못했거나 쉬이 잊어버린 것일 수도 있겠다.

가령 한 주 동안 꽉 채워서 힘들었다 하여도 중간중간 누군가가 건넨 자그마한 초콜릿 한 개에 달콤함을 맛보았을 수도 있고 집으로 돌아가는 길, 걸어본 전화 너머 들려오는 친구의 목소리에 실없이 웃어버렸을 수도 있다.

또한, 편의점에서 사려 했던 음료가 1+1이었을 수도 있고 우연히 들어선 가게 직원이 친절했을 수도 있다. 잃어버렸다 하고 말았을 물건을 어쩌다 되찾게 되었을 수도 있고 오랜만에 듣게 된 그리운 이의 소식에 빙그레 미소 지었을 수도 있다.

이 모든 게 좋은 일, 행운, 행복이 아닌 일이라 말하면 섭섭하다. 몽땅 내가 힘에 겨워도 망가지지 않도록 중간중간 넣어주는 보충제 같다. 미열을 앓는 이마 위에 얹어진 손바닥 같기도 하고 아픈 곳에 펴 발라준 연고 같기도 하다. 드물게나마 이런 일들이, 그러니까 작고 소소한 행복과 다정 비슷한 것들이 없더라면 세상은 완전히 붕괴되어버릴 테다. 벽돌을 얹고 틈 사이를 메우는 시멘트처럼 꼭 필요하다.

무너지지 않을 것이다. 이를 앙 다물고서라도 버틸 것이다. 암만 비틀거린다 한들 쓰러지지 않을 거고 무진장 깎여 날아간다 한들 반들반들해진 채로 다음을 견딜 거다. 다른 모양이 됨을 두려워하지 않을 거다.

오늘 해버린 말로는 '그날 후로 단 한 순간도 행복한 적 없어'였다. 하지만 정말로 그럴까. 이렇게 단언해 버릴 경우 미안해질 사람이 한 둘이 아니지 않나. 앞서 얘기했듯 분명 좋은 날도 있었을 거다. 배가 찢어질 듯 웃어젖힌 날도 있었을 테고 지하철에서부터 집에 가는 길목 내내 엉엉 울어버린 날도 있었을 테다. 그리고 그 모든 날들이 모여 지금의 내가 된다. 요즘 세상에서는 불행을 너무 쉽게 남발한다.

나의 결핍을 잘 가꿔보려고 해

날씨 따라서 건조해진 탓인가. 그냥 내가 덜렁거리는 까닭일까. 요새는 손을 베이는 일이 잦아. 근데 그걸 꼭 바로 알아채지 못하고서 한참 후에야 바짝 굳어버린 핏자국을 보며 '아'한다. 그런 뒤 잇따라오는 동료의 '어이구'소리를 듣곤 상비약통에서 밴드를 꺼내 붙여. 제법 담담한 표정으로.

나 원래 몸에 생긴 상처엔 무심하거나 무딘 거 알잖아. 저번엔 다른 이와 대화를 하며 가위를 닦다가 손가락을 꽤나 깊게 베었는데 아무렇잖게 있었더니 다들 어떻게 그러냐 하더라고. 멍청하게 "그러게요" 대답했어.

그리고 이 일을 제일 친한 친구에게 말했더니만 너는 특이하게 본인 일 중 그런 거엔 별 반응이 없대. 아마 다른 곳에 더 예민하고 신경이 쏠려있어서 그런듯하대. 일리 있는 것 같아 고개를 수없이 끄덕였어. 그래도 상처란 게 있지, 왜 그렇잖아. 모르고 있음 통증 같은 건 없는데 알게 된 순간부터 스멀스멀 밀려오는 거.

따끔거리는 손가락을 슬쩍슬쩍 바라봐. 문득 마음도 매한가지겠단 생각을 해. 마찬가지로 자신이 가지고 있는 내면의 상처나 결핍, 콤플렉스 그러한 게 내가 모른 채 있었을 땐 이따금 드러나거나, 혹 특정 사건이 있어야만 불쑥 치고 올라와 '뭐지' 싶잖아. 하지만 그것을 정확히 직시하고 '아 이런 면에서…' 분명하게 짚게 되는 순간. 이상하리만치 그것들이 매일 따라붙고 머릿속을 괴롭혀, 매사 지우려 들고 민감하게 구는 바람에 어지간히 힘들어지잖아.

물론 본인의 상처, 결핍, 콤플렉스, 이러한 걸 받아들이며 잘 가꿔나가고 치유한다면야 문제가 되지 않지. 다만 그게 말처럼 쉽지는 않은 노릇이니까. 그렇다고 뭐⋯ 못하겠다는 식의 투정은 아니야. 잘 고쳐나가야지. 내가 나를 돌보지 않으면 또 누가 나를 돌봐주겠어. 온전히 채워지는 것. 그건 오직 자신만이 할 수 있는 일이라 하더라고.

솔직히 매일이 외로워. 매일이 공허해. 과거로부터 벗어나려 달리느라 매일이 지치고. 전과 달리 좀 더 나은 선택을 하기 위해 매일 심적으로 분주하고 부담이 커. 그러나 괜찮아. 충분히 나아질 수 있을 거라 여겨. 그동안엔 지인들을 굉장히 많이 만났어. 더불어 새로운 사람들을 접하고 다양한 사람들과 어울렸어. 그때마다 만남에 집중하며 일시적으로 잡생각이 떨쳐지고 왠지 모르게 충족되는 느낌을 받은 모양이야(가끔 기억 속 트리거로 작동할 만한 단어나 주제로 이어질 땐 넋 놓곤 했지만).

이제는 다른 방식으로 내가 나를 채우는 데에 몰두하려 해. 혼자만의 시간을 갖는 것. 한동안 멀리했던 서점에 가 책을 사서 읽고, 맛있는 걸 더 맛있게 먹고. 취미활동을 재개하며 한적한 카페에서 음악을 듣다 오거나 사람을 구경하는, 그런 것. 한주를 돌아보는 일기도 열심히 적어보려고. 꾸준히 이러다 보면 반드시 무언가 달라지는 점이 있을 테지.

최근 목표가 생겼어. 구태여 사랑을 말하지 않아도 사랑이 넘쳐나는 사람. 구구절절 행복을 설명하지 않는다 한들 행복이 선명히 보이는 존재로 거듭나고 싶어.

네 사랑이 지지 않는 날이 올 거야

요새 별일 없지? 모쪼록 웃을 일 많은 날들이었으면 좋겠다. 어차피 살기 힘든 세상이라고 얼굴까지 찌푸리면 뭐 해. 괜히 네 기분만 더 바닥날 뿐이지. 사춘기 시절의 마음으로 살아. 떨어지는 낙엽만 보아도 눈물이 차오를 때도 있겠지만 지나가는 꼬마의 코 찡긋 한 번에 괜스레 미소가 절로 지어지는 날도 있잖아.

어느 날은 사람이 미치도록 싫어 세상을 더 살아가고프지 않아 진 적도 있겠지. 근데 또 되돌아보면 사람 덕분에 살고 싶어진 순간들도 은근 많았을걸? 예를 들자면 누군가 내가 좋아하는 걸 기억하고서 어디 다녀오는 김에 사 왔다며 선물을 건네준다든가, 편의점에서 나오는 길에 누군가 문을 열어줬다든가, 음식점 사장님께서 서비스라며 음료를 하나 더 주셨다든가, 내가 제일 힘들 때 손 내밀어 준 이가 있다든가, 이런 거 말이야.

우리는 힘든 기억이 많아도 좋았던 순간들을 추억하며 살아갈 힘을 얻기도 해. 물론 다시 그 시절로 돌아갈 수 없음에 막막해지고 답답해지는 감정을 느낄 수도 있지. 하지만 그래도. 그래도 그 기억들이 있었기에 나는 앞으로 나아갈 수가 있어. 사람은 사라져도 추억은 사라지지 않는다고 해. 나는 나빴던 기억들로 인해 여전히 식은땀에 젖은 채 잠에서 깨어나지만 그럼에도 좋았던 기억들로 남몰래 웃음 짓는 찰나들이 있어.

배운 게 참 많아. 성장은 배움이 늘어가는 일 같아. 그리고 배우고 알게 되는 게 많아진다는 건 우리는 조금 더 조심하게 된다는 뜻인 것도 같아. 그러나 우리. 무작정 경계하거나 미워하진 말자. 사랑하는 마음으로 살면 다시 사랑이 넘치는 삶을 살게 될 수도 있어. 하필이면 사랑 많은 사람으로 태어나 그로 인하여 온갖 상처를 다 받았지만 기꺼이 사랑을 포기하진 않았으면 해. 네 사랑이 지지 않는 날이 올 거야. 분명 믿어.

잘자, 좋은 밤이 되기를

실수로 놓쳐버린 인연들로 인해 죄책감에 뒤척이 거나 네게 생채기를 낸 뒤 떠난 인연들로 인해 오래 아파하지 않아도 돼. 살아가며 자연스레 반복되는 과정 중 하나라고 생각해. 비어진 자리에는 반드시 새로운 사람이 와앉게 되는 노릇이거든. 이미 결말 이 나버린 인연들에게 얽매어 자신을 망가뜨리기 보다는. 본인을 잘 가꾸고 돌보아서 새로 온 인연들 한테는 좀 더 후회 없는 마음을 건넬 수 있도록 해 보는 게 좋지 않을까.

또한 다시금 다치지 않으려나, 무작정 경계하지 않아도 괜찮아. 상처를 통해 단단해지는 거란 말을 달가워하지 않는 편이기도 하나, 그럼에도 우리는 그만큼 분명 무언가 달라졌을 테니까. 부딪혀봐야

166

알 수 있는 법이잖아. 사람이건 무엇이건. 그러니 지난 아픔들로 인하여 아직 경험해 보지 않은 누군가를 일찍이 벽 세워 차단하진 않도록 하자. 우연한 만남 속의 인연들을 은근히 기대해 보도록 해.

3부

사랑은 취향이 되어

무해한 사랑을 보내요

[아무도 해하지 않을 것 같이 생긴 사람이 있었다.] 첫 문장을 적어둔 채 금방이라도 비가 쏟아질 듯한 하늘을 쳐다본다. 제로 코카콜라를 한 모금 마신다. 그러며, 누군가와의 대화 중 "콜라는 코카콜라죠" 했던 멘트가 떠오른다. 만약 출간할 시 코카콜라가 진리라고 한편에 적어달라 했던 것 같은데. 책상 위엔 이틀 전 구매한 책 두 권이 펼쳐져 있다. 좀처럼 집중이 되지를 않는다. 펜을 굴린다. 아무도 해하지 않을 듯한, 무해한 사람. 그런 사람이 존재하는가?

무해한 것들을 주고 싶었다. 잔뜩 때 묻은 이 세상 속에서, 내가 가진 것들 중 가장 깨끗이 맑고 순수한 것들을 전하고자 했다. 그게 잘 되지는 않았다만, 예컨대 떳떳이 사랑이라고 부를 수 있는 것들.

사랑. 발음하자니 첫 음은 뾰족한데 뒤에 붙은 랑
으로 인해 한껏 둥글어지는 느낌이다. 나만 그러한
가. 선한 눈매를 생각한다. 언제나 웃는 얼굴로 타
인을 대하는 인물을 그려본다. 남들이 부르면 어디
든 군말 없이 달려가는 사람이라고 설명할까. 덧붙
여 무언가 불편해하거나 필요로 하는 사람이 생길
경우 잰걸음으로 다가가 상냥하게 알려주거나 친
절히 해결해 주는 사람이라고 하면 충분하려나. 게
다가 항상 흐트러짐 없이 반듯한 자세와 모양새로.

물론 누군가의 이미지는 내가 만들어낸 환상일
수도 있겠다. 실제로 이 사람은 이렇지 않은데, 내
가 이쪽 면만 보고서 집요하게 상상력을 부풀리다
보니 그것이 곧 그 사람이 된 것일 수도 있겠다. 누
군가의 시선으로부터의 나도 피차일반일 테고 말
이다. 최근 Y가 했던 말이 인상에 깊게 남았다. Y는
'그 사람 원래 그래'라고 단정 짓는 걸 극도로 싫어
한다고 했다. 누구든 한 사람을 다 알 수는 없는 노

룻이라고. 하기야 어디서 보기론 사람은 평생 자신을 알기 위해 살아간다고 하는데, 자신도 모르는 나를 누군가가 이러쿵저러쿵하며 '원래'란 단어로 틀에 가둬버린다는 것이.

[네가 느끼는 기쁨을 위해 최선을 다할게.]

이젠 의미 없어진 편지 내용을 본다. 난 우리가 한때 결혼이라도 할 줄 알았다. 결코 서로를 다치게 할 리 없단 판단이 섣불렀던 건지. 그래도 잠시나마 빌려온 온기로 따뜻했다. 도로 돌려주고 돌아섰다.

"너 웃을 때 되게 무해하단 느낌을 받아, 굉장히 순수한 그 웃음이 있어" 나는 마지막으로 당신 앞에서 웃었다. 그리고 울었다.

과연 난 당신께 무해한 사랑을 보냈을까.
당신은 행복했을까.
남들에게 유하고 다정하단 소리를 곧잘 듣는 내가,
당신께는 절반도 못 그런 것 같아 미안해진다.

음악은 한 시절의 일기장

한때 나의 휴식이었던 모든 것들을 기억하고자 사사로운 것들에게도 의미 부여해 가며 복기하기를 수십 번. 일정 시기에 들었던 음악을 다시금 플레이리스트에서 찾아 차례대로 재생을 하고 있노라면 한편의 이야기가, 그러니까 즉 그날의 우리가 선명히 그려진다. 이게 참 음악이 가진 힘이라고 생각한다. 내가 그때 어떤 감정이었는지. 어떠한 상황 속에 몰두해 있었는지 도로 꺼내보고 싶을 시엔 그 시절 들었던 플레이리스트를 되감아 보면 된다.

그러하면 자연스레 나는 그때에 가서 놓이게 된다. 이어폰 너머로 들려오는 음악 소리에 맞춰 그날의 온도와 습도. 바람은 어떻게 불었는가. 당시 무슨 옷을 입었고 무슨 말을 하며 어떤 표정을 지었는가. 선연해진다. 한마디로 정리하자면 음악은 '한 시절의 일기장'이다. 그렇기 때문에 함부로 꺼내 들어서는 안되는 노릇이기도 했다. 그래서 실제로 아주아주 슬펐던 기간에는 되려 한 번도 들어본 적 없는 밝은 음악을 찾아 들어보기도 했다.

아무런 추억도 쌓이지 않은 노래. 먼지 털듯 털어버릴 것이 없는 말끔히 새로운 노래. 가사도 너무 센치해지는 건 피해 재생을 눌렀다. 나로 설명할 경우, 음악을 고를 땐 제법 까탈스러운 쪽에 속한다. 멜로디가 암만 좋다 한들 가사가 마음에 동하지 않는다면 얄짤없이 넘겨버리기 때문이다. 대개 세세하게 이야기를 풀어낸 듯한 가사를 좋아하는 편이다. 자세한 감정을 담아내고 본인이 적고자 하는 날의 장면들을 디테일하게 담아낸 가사를 선호한다.

이유는 상상력을 자극해서 그런 것도 같고 비슷한 상황이 있었더라면 동일시하게 되어서 그런 것도 같다. 예컨대 내 마음을 꼭 닮은 글귀를 저장하는 것과도 똑같은 맥락일 테다. 게다가 몇몇의 사람들은 자신의 상황에 맞는 음악을 카카오톡 프로필 뮤직으로, 또는 글귀를 배경으로 설정해두어 자신의 심정인 듯 아닌 듯 걸어두지 않는가.

나의 음악 서랍은 총 다섯 가지로 분류되어 있다.

1. ㅠ
2. ㅠㅠ
3. POP
4. J-POP
5. 오래된 노래

이런 식이다. ㅠ는 감성 힙합을 주로, ㅠㅠ는 좀 더 차분하다고 해야 하나? 아무튼 내가 느끼기에는 좀 더 잔잔한 분위기의 인디음악을 주로 담았다. 나머지는 제목 그대로이다. 이 안에 나의 일기장들이 장르별로 나눠져있다. 오늘은 그중 오래된 노래를 귀담았다. 절절한 옛 노래들이 흘러나온다. 시절마다 내게 힘이 되어주었던 인물들이 목록에 따라 나열된다. 휴식을 취하듯 눈꺼풀도 지그시 감아 내려

본다. 한껏 지치는 하루였기에.

선선한 바람과 환한 달빛 아래. 누군가를 그리워하기엔 딱 좋은 가을이라는 명목 아래. 물론 그렇다고해서 지금 내 곁에 있어 주는 이들에게 부족함을 느낀다는 소리는 아니다. 다만 그 시절의 사람들에게서만 채워졌던 무언가가 있었을 뿐, 이라고 하겠다.

나의 취향과 습관은 만난 인연들의 방명록이다

한 사람의 취향과 습관을 안다는 것은 참으로 설레는 일이다. 또한 그 말인즉슨 두려워지기도 한다는 얘기이다. 설렘과 더불어 한 사람을 오래 관찰할 경우 그 취향이랑 습관이 고스란히 내게 배어 문득문득 본인을 통해 발견하게 된다. 예를 들자면 영화나 음악적 취향. 입맛. 옷 입는 스타일 등이 있겠으며 말을 하기 전에 뜸을 들이는 습관이나 어투. 앞머리를 쓸어 넘기는 손짓. 물건을 정리하는 방식. 걸음걸이. 웃는 모양 등이 있겠다.

한차례 사람이 떠나갔다 한들 취향은 그대로 남아 오래도록 달라붙는다. 그 외 것들은 성에 차지 않아 도로 그와 비슷한 것들을 찾게 된다. 습관 역시 암만 떼어내려 해도 자꾸만 엉겨 붙는 머리카락

위 안착한 껍딱지처럼 단단히 굳어 내가 된다. 이래서 누군가를 향한 사랑은 내가 당신이 되는 것 같단 심심한 생각을 하게 한다. 나를 지나쳐간 모든 사람과 사랑이 결국엔 나를 만든단 소리이다.

　어떠한 인연들을 만나왔는지에 관한 방명록스럽기도 하겠다. 그러니 나도 마찬가지로 누군가에게 깃들어 종종 흔적으로 안부를 묻고 있으려나. 이따금 궁금해진다.

결국엔 사랑이 이긴다고 하더라고

나의 약점을 숨김없이 털어놓아도 될 것 같은 사람. 굳이 잘 보이기 위해 서로를 가리고 치장하기 바쁜 와중에서, 어쩐 일인지 이 사람에게는 나를 다 보여줘도 될듯하단 기분이 들게 하는 사람. 그리고 이런 나의 사연을 남김없이 듣고서도 괜한 호들갑을 떨거나 달아날 궁리를 하지 않고서 덤덤하게 받아들여 주는 사람. '그게 너의 약점이라면 나의 약점도 얘기해 줄게!' 우리는 비슷한 거라며 퉁치자고 해주는 사람.

그러한 사람을 만나, 사랑을 하고 드라마 속에서나 볼 수 있을 법한 치유를 받고 싶다. 더 이상 뜬눈으로 밤을 지새우지 않아도 되고 매일을 그늘진 낮빛으로 걷지 않아도 되며 서랍 칸에 고이 모셔둔 약봉지를 뜯지 않아도 되는 날을 맞이하고 싶다. 온전히 사랑으로 채워진 본인을 발견하는 때를 기다리고 싶다.

　사람에게 상처받아도 괜찮아, 결국엔 사람을 통해 맘속 깊은 위로를 얻게 되는 시기도 올 테니까.

슬픔을 이기는 방법

"좋아하는 걸 더 많이 만들어야겠어요."

"그럼 좋죠. 화가 나도 아 내가 이것 때문에 참아야지, 하는 게 생기잖아요."

좋아하는 것들을 늘려가야겠다. 좋아하는 음악, 좋아하는 책, 좋아하는 음식, 좋아하는 옷, 액세서리, 좋아하는 영화와 드라마, 만화, 좋아하는 연예인, 사람, 좋아하는 시간대, 장소, 공간, 계절, 이런 거? 이런 것들을 하나하나 기다리고 경험하면서 소소한 만족감을 채워가야겠다. 슬프고 우울한 감정 대신 좋은 설렘들로 바꿔가야지. 작은 것들이 모여 하나의 커다란 섬이 되듯이 자그마한 행복들을 모아 더 이상 텅 빈 껍데기가 아닌 속이 꽉 찬 알맹이로 거듭나며 내면의 풍요로움을 느껴야겠다.

아, 그러고 보니 우연히 접한 어떤 글에선 좋아하는 것들을 기다리느라 살아지기도 했다고 했다.

버리지 못한 향

향은 나로 하여금 지나간 사람과 사랑. 한 시절을 통째로 상기시키기에 충분한 요소가 되었다. 비누 향. 일명 코튼(Cotton) 향이라고 하지. 푸른색 향수병을 손에 들고서 반대편 손엔 다이소에서 구매한 공병을 집었다. 외출 시 사용하기 위해 공병으로 향수를 옮겨 담으려고 했다. 한데 자꾸만 입구를 빗나가 분사한 탓에 이리저리 튀어 금세 손이 축축해졌다. 온 방 안에 비누 향이 진동하기 시작했다. 수십 번 미끄러지는 중이었다. 친구가 선물해 준 향수였다. 오래도록 고집하고 있었다. 그게 곧 나의 고유 향이 될 거라 짐작했기 때문이었다. 그리고 그러기를 바랐다. 한 가지 향을 꾸준히 오래도록 사용할 경우 분명 누군가는 우연히 그 향을 맡았을 때 필히 나를 떠올릴 거란 계획하에 작정한 것이었다.

실로 그랬다. 좋아했다가 미워했다가를 반복하던 이가 이런 말을 했더란다.

"주말에 핸드크림을 사려고 들어간 매장 안에서 너와 비슷한 향을 맡았어. 그래서 네가 떠올랐다."

반사적인 거라고 생각했다. 후각이 기억했기에 반사적으로 나를 떠올렸던 거였다. 어느 정도 작전 성공이라 흡족했다. 집으로 돌아가는 길에도 내내 그 말마디가 떠올라 심장을 간지럽혔다. 아마 나는 평생 오늘을 계기로 이 향만 사용하게 되지 않을까? 할머니가 되어서도 동일한 향수를 구매하는 다소 과한 망상을 했다. 사실상 이 향을 사용한다고 하여 내가 그의 머릿속에 영원토록 각인되어 미끄덩거릴 거란 보장도 없는 거였는데 말이다.

시간이 흘러 난 향을 바꾸고자 한다. 코튼(Cotton) 향을 2년 정도 사용했으니 상당히 길게 질질 끌어온 듯하다. 이제 이 향은 지나간 과거로 남아 추억거리에 불과해질 예정이다. 남은 마지막 방울까지 죄다 덜어내고서 만족스러운 미소를 띠었다. 최근 나눴던

대화 중 향 관련 주제가 있었다. 별거 아녔음에도 꽤
나 강렬하여 오래 여운이 남았던 내용이었는데. 뭐
였더라. 도로 카카오톡 목록을 올려다본다.

[내가 처음 쓴 향수는 폴스미스 스토리. 약간 우디
시트러스 이런 느낌이었어. 계속 쓰고 싶었는데 단
종되어 버렸다. 좋아하는 애한테 받았던 거였거든.]
　좋아하는 상대가 선물해 준 향수여서 계속 사용
하고팠단 마음이 귀여웠다. 비슷한 일화는 없었다
만 향으로 남고자 했던 마음에서는 격하게 공감이
갔다. 나였어도 슬펐을 것이다. 아마 단종된 순간
엉엉 우느라 붕어눈으로 하루를 허비해 버렸을 것
이다.

　비록 나는 선물 관련은 아녔다만 특정 향을 맡을
경우 떠오르는 대상이 존재했다. 개중 가장 선명했던
건 담배 냄새. 첫사랑이 심각한 골초였다. 그 사람 때
문에 끔찍이 싫어하던 담배도 미화되었다. 오죽하면
담배를 피우는 사람만 보아도, 지나가다 담배 냄새만
맡아도 두 눈을 벌겋게 물들이며 그리움에 쩔쩔맸다.

심지어는 한때 협업하던 사람이 자주 담배를 태웠는데 그때마다 달고 온 냄새에 몰래 눈물을 훔치는 청승까지 떨었더란다. 참 구질구질했다.

*

더불어 자연에서 맡을 수 있는 향도 매한가지였다. 비 온 뒤 다음날엔 덜 마른빨래를 끌어안은 듯한 눅눅한 향에 어릴 적 살던 곰팡이 핀 좁은 방안이 연상되었고, 찬 바람 부는 새벽 공기엔 고등학생 시절 친구들과 굳이 밤을 꼬박 새워 엄마 몰래 집을 빠져나와 먹던 맥도날드 맥모닝 세트가 생각이 났다. 또 한 가지 덧붙이자면 말로 형언할 수 없는 향이긴 한데 유치원생 때로 돌아가게 만드는 향도 있다. 풀 내음과 아울러 습하고 물감 섞인 듯한 냄새. 예컨대 다른 이에게 설명하고자 한다면 도무지 정리가 되지 않으나 몸이 기억하고 있는 향다운 거 말이다.

모쪼록 향이 주는 힘은 이리도 대단했다. 한 시절을 통째로 불러오니 거대하고 벅찬 감이 있었다. 의

도하지 않아도 은연중에 이러하니 별다른 대비책을 세울 수도 없는 노릇이었다. 속절없이 나의 지나온 과거 어딘가에 숨 쉬고 있던 시절로 돌아가 추억에 흠씬 젖게 한다. 미리 예측할 수 없어 간혹 제비뽑기를 뽑아 펼친 쪽지 속 우연히 마주하게 된 낱말 같다.

*

기억이란 장막을 씌우고 날 안내하는 요소 중 다른 하나는 계절이 있겠다. 인물과 연관되어 나뭇잎의 색이 바뀌듯 각기 다르게 피어오른다. 봄, 여름, 가을, 겨울. 사계절. 일 년을 네 번으로 나눈다.

봄은 상실이다. 꼭 봄만 오면 이별이 잦았다. 모두들 짜고서 한 번에 나를 놀리는 건가 싶을 지경으로 순차적인 이별이 찾아왔다. 작별은 내게 고역이었다. 안녕, 발음하는 건 죄다 반기는 상황에서가 아닌 이제 정말 놓아주기 위한 의미였다. 놓아주어야 함을 알면서 그러지 못한 것은 모든 게 피어나는 봄, 미련이 남아서였을까? 겨울에 진작 마무리했어야 했을 것들을 기어이 질질 끌고 온 탓이었나.

몇몇 얼굴들이 있다. 내 마음만 죽고 울상으로 이 계절을 기록하기엔 아깝다는 걸 알면서도. 웅크리고 앉아 겨울잠에 빠질듯한 태도를 보인 건 인정하고 받아들이고 싶지 않아서였을 것이다. 추가적으로 이상한 일이 있다면 봄에 새로운 만남을 시작한 이와는 얼마 가지를 못했다. 누군가를 마음에 들일 경우에서도 그랬다. 봄은 짧고 내 마음도, 감정도, 관계 유지 면에서도 그랬다. 그다지 따사롭지 않았다.

반면 여름은 사랑이 막 시작되는 계절이었다. 첫사랑도 여름에 빠져 몇 해를 보냈고 두 번째 사랑도 동일했다. 두 사랑 다 향과 연관된다는 공통점이 있기도 하다. 사랑은 여름에 시작된다 라는 얼토당토않는 생각을 하기도 했다. 작열하는 태양 아래 오로지 내 시선은 한곳에 머물렀다. 손으로 연신 부채질을 해보아도 당최 열을 식힐 수 없었다. 이게 날이 더워 화끈거리는 건지 내가 이 사람과 있어 달아오르는 건지

의문이 생길 적도 있었다만 답은 항상 후자였다. 사십 도에 다다른 체감 온도에 불쾌지수가 치솟을 적에도 상대를 떠올리면 함박웃음이 지어졌다.

첫사랑과의 여름은 마주 보고 앉았던 날이 대표적으로 떠오른다. 내게 좋아하는 사람 있냐고 물었더란다. 섣불리 대답하지 못했다. 하나 그럼에도 꿋꿋이 포기하지 않는 그가 종이와 펜을 건네주며 이름을 적으라 했다. 이왕 이렇게 된 거 이판사판이었다. 이름 석 자를 반듯이 적었다. 그리고 이내 그걸 읽은 그는, 내게 뭐라 했더라? 장난치지 말라 했던가. 땀과 눈물이 뒤섞여 투명한 것들을 온통 쏟아내었다. 그냥 그랬던 기억.

두 번째 사랑의 여름은 등 뒤에 땀으로 인한 동그라미가 생겼음에도 불구하고 아랑곳 않고서 열심히 제 할 일을 하던 그의 모습. 당시 지켜보며 아, 내가 이래서 이 사람을 좋아했었지? 문득 깨닫고 짚어보는 순간이었다. 솔직히 별로 인상 깊을 만한 구석도 아닌데 유달리 잔상이 남는다. 사랑으로 개도 안

걸린다는 여름 감기를 달고 살았다. 나풀거리며 간 지럽히던 이들이, 혹여나 민들레 씨앗처럼 날아갈까 노심초사했다. 그렇게 여름이 되었고 여름이 갔다.

가을은 옛 친구 리를 떠올려냈다. 그녀가 낙엽 따라 붉어졌다. 가을과 무척이나 닮아있는 친구였다. 제 색이 뚜렷하면서도 쓸쓸했다. 우리는 주로 검정 치마의 음악을 들었다. 신곡이 발매되면 어김없이 서로에게 공유하고 노래방에서 종종 불렀다. 서로의 음을 듣고서 눈물을 훔쳤다. 그만큼 각자 가진 아픔을 누구보다 깊게 잘 알고 이해하고 있었다. 그래서 그녀의 아픔이 나의 아픔이 되었고 나의 슬픔이 그녀의 슬픔이 되었다. 어쩌면 우리는 둘 중 하나는 밝았어야 했는데 그러지를 못해 서로에게 아픔이 더해지고 전염된 건지도 모르겠다. 어디선가 본 글에서 불행도 전염된다 본 적이 있는 것 같다. 우리도 그리하여 더더욱 아픔이 짙었으려나?

그녀는 출판사에서 운영한다는 빨간색 간판 아래 카페에서 일했다. 찬 바람 불기 시작했을 때 즈음 내가 놀러 가면 기다렸다는 듯이 반겨주었다. 초코라떼를 따뜻하게 타서는 내가 앉은 자리로 곧장 가져다주었다. 앞에 앉아 재잘거렸다. 그녀도 책을 좋아했다. 한데 내 책은 단 한 장도 넘겨본 적 없다는 게 이따금 서운해지기도 했으나 입 밖으로 내뱉진 않았다. 혼자 삼켰다. 그녀는 여전히 그곳에서 일하고 있을지 모르겠다. 카페에서 키우는 토끼에게 몇 번 더 손가락을 물렸을지도 알 턱이 없다. 우리는 사랑과 인간관계, 불확실한 미래로 괴로워했다. 그리고 내가 그 안에 포함되어서는 안 되는 거였다.

그녀는 날 떠났다. 아니 정정하자면 떠나도록 자처했다. 돌이킬 수 없는 강을 건너듯 우리는 영영 수면 아래로. 단절되어버렸다. 이제 난 그녀의 소식을 찾을 수 없다. 호기심에라도 나의 SNS를 볼 일 있을지는 짐작할 수 없다만 부디 보고서 내가 행복하다고 생각하지만 않았으면 좋겠다. 나의 불행이 살아갈 힘이 되었으면 좋겠다. 그게 내가 우리의 관계를 망친 것에 대한 대가라 생각하겠다. 가을이 오면 문득 그립다.

어디쯤 날아가 시린 눈을 감추며 웃음으로 무마하고 있을지 궁금하다.

겨울은 다 죽어가는 나한테 그래도 살아보자고 다독여주던 애가 그리워졌다. 하얀 피부. 뽀글뽀글한 헤어스타일. 검은색 비니와 회색 패딩이 잘 어울리는 애였다. 마크곤잘레스(Markgonzales) 브랜드의 가방을 항상 옆에 달고 다녔다. 그 애는 힘줄이 울긋불긋 튀어 올라와 있는 커다란 손으로 작은 나의 손을 잡아주었다. 앙상해진 나뭇가지와 별반 다를 바 없는. 언제 죽어도 이상하지 않을 리 만치 우울에 퐁당! 빠져있는 나를 일으켜 세우고자 부단히 노력을 아끼지 않았다. 약봉지를 옆구리에 끼고 살며 앓는 소리를 내는 나의 이마를 짚어주었다.

그리고 그것을 내팽개친 건 다름 아닌 나였다. 잡은 손을 빼내려 힘주어 틀었다. 그럼에도 난 그 애가 여전히 내 곁에 있어 줄 거라 자만했다. 지친 기색이 역력한 그 애의 낌새를 알아채지 못한 채 마냥 그랬다. 결국 그 애도 나를 놓았다. 허공에 놓인 손을 다시금 잡아줄 이는 아무도 없었다. 어이없는 건 우리의 마지막이 그깟 프로필 뮤직 하나로 끝이 났다. 내가 설정해 놓은 프로필 뮤직의 가사가 이별을 얘기하는 듯 하단 이유 하나만으로 우리는 참 쉽게 갑자기 남이 되었다. 당시엔 기가 찼으나 오랜 시간이 흐른 지금에서야 골똘해 보자니 갑자기가 아녔다. 그간 누적되어 온 숱한 지침으로 인한 결과였다. 반성하며 아직도 그 애를 겨울에 그려낸다. 나를 기다리던 우리 집 앞 버스 정류장에서 그 애가 오들오들 떨고 있을 것 같다.

계절은 나의 후회를 되짚어본다고 할 수도 있을 듯하다.

한데 계절마다 좋았던 추억을 떠올려내는 경우는 매우 드물다.

오히려 아쉬움이 남은 순간들과 나날들을 품으며 세상을 감상적인 태도로 바라보게 된다.

간혹 새로운 향을 접하게 될 때나 계절이 바뀔 때
설렘보다는 두려움이 먼저 느껴진다.

내가 또 앞으로 살아가며 얼마나 많은 것들을 오
래 안고 살아가게 될지.

버리지 못하는 것들이 늘어갈 것만 같다.

손과 손이 닿을 때

　사랑의 흔적이랄 건 아무것도 없는데 마치 무언가 남아있는 듯했다. 바로 어제 일처럼 생생했다. 두근거렸다. 나를 제일 잘 무너지도록 만들었던 사랑. 그 시절 사랑 앞에서 한없이 나약해질 수밖에 없던 내 모습이 그리 싫진 않았다. 사랑 때문에 살고 싶기도, 죽고 싶기도 했다. 그렇지만 단언컨대 사랑이 없었더라면 그 시절을 버텨내지 못했을 거였다. 사랑으로 인해 이겨냈다. 저 얼굴 한 번 더 봐야지, 하는 심정으로 무엇이든 물리칠 수 있었다. 지겹던 우울과 불안을 떨쳐낼 수 있었다.

　살포시 손끝이 닿았던 찰나를 떠올린다. 지난주 토요일. 어떨 때 설레냐는 친구의 질문에, 나는 "손과 손이 닿을 때. 손끝이 닿을 때."라고 답했다. 나

196

는 유독 사람의 손을 보는 걸 좋아한다. 그 안에 모두 담겨있다고 생각한다. 살아가며 잡았던 것들과 놓았던 것들. 손을 잡는다는 건 짧게나마 그 사람의 체온과 동시에 삶을 느껴보는 것 아닐까. 잠시 동안 닿았던 손들에 대하여 깊이 골몰한다.

사랑은 계속될 거야 어디까지나

어제와 오늘. 엄청나게 춥지도 않고 바람만 조금 부는, 산책하기 딱 좋은 날이네요. 어제는 이른 아침부터 치과에 들러 교정기를 제거했어요. 훨씬 홀가분해진 치아와 마음으로 오랜만에 미용실에 가 파마를 했어요. 잘 보이고 싶은 누군가가 생겼거든요. 그러나 파마는 잘 되지를 않았어요. 컬이 제대로 나오지를 않았거든요. 미용실엔 열한시에 들어가 네시까지 있었어요. 미용사분의 민망한 웃음과 다음 주에 오면 다시 해주겠다는 약속에 우선은 예약을 잡고서 집으로 돌아와 허겁지겁 밥을 먹었어요. 이러는 중간중간, 역시나 뜻대로 되는 일은 없구나. 불운의 사고로 연결되려는 것을 가까스로 끊어냈어요.

밥을 먹은 후로는 일본 드라마를 시청했어요. <사랑은 계속될 거야 어디까지나(恋はつづくよどこまでも)>였는데요. 학생인 여자 주인공은 의사인 남자 주인공을 우연히 만나 첫눈에 반하게 되었고 그가 일하는 병원에 취업하기 위해 간호사로 진로를 정하게 됩니다. 그리고 마침내 여자 주인공은 그 병원에 신입 간호사로 입사를 하게 되어요. 그러면서 벌어지는 이야기입니다. 어쩌면 다소 뻔하고 유치할 수도 있는 내용이다만, 그 안에서 나는 현재 나의 모습을 발견하게 됩니다. 항상 자책을 일삼는 여자 주인공. 열심히 노력하며 분투하나 늘 결과는 따라주지를 않고 자괴감만 늘어가는 장면을 보며 자연스레 나를 연상하게 됩니다. 또한 더불어, 여자 주인공은 자신보다 완벽한 남자 주인공을 향해 번번이 본인의 부족함을 털어내고 움츠러듭니다. 그러한 점을 보며 난 나를 떠올렸어요. 자꾸만 줄어드는 나를 여자 주인공에 대입하여 눈물짓기도 하고 기뻐하기도 하며 응원을 했어요.

가장 인상 깊었던 대사로는, 실수를 한 뒤 울고 있던 여자 주인공에게 어린아이가 울 곳을 안내해 주곤 휴지를 건네며 했던 말입니다. "다들 울면서 성장하는 거야." 나는 그 대사를 듣고 일순간 멍해졌다가, 불쑥 묻고 싶어졌어요. 그렇다면 대체 얼마나 더 많은 양의 눈물을 흘려야 단단해질 수가 있고, 어엿한 어른으로 거듭날 수가 있는 것일까? 작은 고슴도치가 된 듯한 기분이에요. 가시를 달고 살며 누군가를 찌르지 않도록 혹은 본인 스스로가 찔리지 않도록 부단히도 노력해야 해요. 조심해야 해요. 어떤 이들은 예측할 수 없는 인생인지라 재미있다고들 하던데. 난 전혀요. 예측할 수 없어 숨이 막혀요. 오늘은 어떠한 일들이 나를 괴롭게 만들지. 그리고 나는 그 어떠한 일들 앞에서 얼마나 괜찮은 척을 해 보여야 할지. 친한 차장님께서는 말씀하십니다.

"착하면 살아남기 힘들어. 네가 너무 다 받아주고 애가 순둥순둥하니까 만만하게 보는 거야. 그러면 너만 힘들어져. 참으면 골병 나는 거야. 그러니까 계속 아프지. 그러지 마."

언제부터일까요. 착하다는 것이 나쁜 게 되어버린 것이. 실제로 난 착한 것도 아녜요. 단지 멍청한 거예요.

대각선으로 희미해지는 잔상에 저절로 눈길이 돌아가요. 바로 한 달 전까지 끈질게 따라붙던 얼굴이 기억나지를 않아요. 새로운 두근거림에 오로지 단 하나의 얼굴이 마음에 입주했음을 암시해요. 누군가가 나가며 누군가가 찾아왔습니다. 기쁘지 않아요. 이번에도 고통의 길로 안내할 것이 분명하니까요. 어림없지요. 내게 행복이란, 꿈도 꾼 적 없는걸요. 제발 단 한 번쯤은 사랑이 내 편이 되어주기를-바랐으나 한사코 들어주신 적 없으세요. 온갖 신께 다 빌어보았으나 받아주지를 않으세요. 그러니 누군가가 마음속에 찾아와 문을 두드리면, 다짜고짜 제 짐을 내려놓고서 오늘부터 이곳에서 지내겠다 통보하면, 무작정 눈물이 나기 시작하는 겁니다. 여태껏 스스로가 느끼는 감정이 혹여나 사랑이 아니라면 어떡하지? 했던 적은 몇 없거든요. 손가락이 접히지도 않아요. 그런데 반대로 사랑이라면 어쩌지, 어떡하지, 정말 어쩌면 좋지, 했던 적은 무수합니다. 줄곧 그래왔어요. 내 모든 사랑은 실패를 반복했고 지금의 나를 만들어냈으니까요. 기필코 유한한 마음이라고. 마음엔 총량이 있는데 그걸 다하면 사랑할 수 없는 거라고. 그래서 누군가에게 주지도 못한다고 믿고 싶은데. 불시에 찾아온 얼굴엔 한없이 무력해질 수밖에 없네요. 이토록 사랑엔 면역이 없어요. 당신 앞, 상실하는 모든 언어를 제쳐두고서 오롯한 눈빛만을 보낼 수밖에 없어요.

있지요. 누구는 나를 걱정하여, "자존감은 타인을 통해 채울 수 없어. 가족도 친구도 애인도 아닌 스스로가 채워야만 하는 거야. 네가 너를 사랑해야 해. 그래야 달라질 수 있어." 하세요. 난 한참을 침잠해요. 붉어진 눈시울과 코끝으로 땅바닥을 응시하며 오랜 시간 가라앉아요. 그러면서 생각해 낸 거라고는 고작 '만일 당신이라면?'입니다. 당신이 나를 사랑해 준다면.

해가 짧아지고 밤은 길어졌어요.
오래오래 잠에 들고 싶습니다.

좋은 꿈 꾸기를

오늘 밤은 잘 잤으면 좋겠다. 매일 새벽마다 꼬리에 꼬리를 물고서 불어난 생각들을 이겨내느라 쉽지 않은 전쟁을 치르곤 하잖아. 그렇게 겨우 지쳐잠에 든다고 한들 몇 시간 못가 다시금 눈을 뜨게 되고. '나쁜 꿈을 꿨다' 사실상 네모난 천장을 바라본 몽롱한 정신에, 네가 사는 악몽이 눈을 감기 전인지 감고 난 후인지 분간이 가지 않을 때가 종종일 테지. 겉으로 보이는 너와는 다르게 내면은 몹시 슬퍼 보인다는 말에 부정하지 못한 점이 못마땅하기도 하려나. 과연 언제쯤 괜찮아질 수 있을까. 시간이 해결해 준다는 위로가 정말 너한테도 해당되는 것이 맞을까.

그럼에도 다시 한번 더 "분명히 나아질 거야" 전해봐. 내일은 개운한 아침을 맞이할 수 있었으면 좋겠어. 콧노래가 절로 나올 정도로 상쾌했으면 좋겠어. 모든 행운이 너의 뒤를 잇따랐으면 좋겠어. 나는 늘 네가 너를 이기기 위해 얼마나 고군분투하는지, 그 고독함과 수고스러움을 응원해.

네가 나은 삶을 살고 있다면
그걸로 충분하다

다 잊은 듯한 새벽에 느닷없이 꿈에 나온다. 익숙한 얼굴에 놀라 잠에서 깬다. 내가 다 비워낸다면 완벽한 타인이 되어 영영 궁금하지 않는 채 살아갈 수 있으리라고 단언했는데 약간은 부족했던 모양이다.

네가 일하던 연남동 카페가 아직 그 자리에 있는지 검색해 보려다가 말았다. 여태 커피를 내리는 일을 업으로 삼고 있는지 기웃거리려다가 참았다. 네 번호를 지운 지는 한참 되었다. 나의 실수로 인하여 우리가 멀어지던 때 황급히 없앴다. 삭제 버튼을 누르는 게 널 위한 거라 했었지만 사실상 도망갈 궁리였던 거 같다. 너와 있었던 추억을 모조리 기억하면 내가 너무 나쁜 인간이 될 테니까. 그게 얼마나 내가 모자란 인간인지 매 순간 깨닫게 해줄 테니까.

네 사진도 없다. 인스타그램 팔로우도 끊고 끊긴 지 오래이다. 너는 고등학교를 졸업한 뒤 줄곧 나랑만 연락해 왔기에 접점이 있을 법한 인물도 없어 감감무소식이다. 잘 살고 있는가,를 묻자면 매우 염치없는 일인가. 마지막으로 우리 연락하던 무렵엔 넌 정신과 약을 복용하고 있었다. 네가 첨으로 실은 오래전부터 약을 받아왔다고 고백하던 날이 떠오른다. 난 그런 네게 힘이 되어주진 못할지언정 네 슬픔에 한 겹 더 얹으며 관계를 끝맺었다.

평생 미안할 듯하다. 그럼에도 변명 아닌 진실을 얘기해 보자면 난 널 얕본 것도 아니며 약하다 치부하지도 않았다. 뿐더러 힘듦을 겪으면서도 않는 소리 한번 안 하며 꾸역꾸역 버텨가는 것이 대견하다 생각했다. 한데 내가 그랬던 이유는 너와 함께 밝아지고파서였다. 그렇게 하면 우리 함께 밝아질 수 있으리라 착각했다. 그리고 그 착각이 커다란 죄가 될 거란 걸 알아챈 건 이미 저질러 버린 후였다.

난 후회했다. 후회하고 또 후회했다. 텅 빈 체육
공원. 가로등 불빛이 죄다 꺼질 때까지 걸으며 후회
한다고 엉엉 울었다. 다만 운다고 네가 돌아오는 건
아녔다. 운다고 달라지는 건 없었다. 갸름한 네 얼
굴만 두둥실 떠올라 가슴을 후벼팠다. 절대 네게 상
처 주는 사람이 되고 싶지 않았는데. 널 슬프게 만
드는 인간들 패에 속하지 않으려 다짐했었는데.

너는 가끔 나의 인스타그램을 염탐하진 않는지,
망상해 본다. 네가 내가 행복한 줄 알면 어쩌나, 내
가 널 다 잊은 줄 알고 미워하면 어쩌나, 걱정한다.
난 아직 우리의 모든 걸 기억한다. 노래방에서 검정
치마의 노래를 부르며 눈물을 글썽이던 시절이 생
생하다. 어떠한 기억은 평생을 살아가게 하기도 한
다. 나이테 마냥 새겨진 네 무수한 머릿속 기억들
중 내가 살아 숨 쉬고 있을까. 가슴에 물었다. 벌써
사 년이 넘게 흐른 얘기이다.

많은 것들이 변했다. 너를 안 본 사이 회사를 다
녔고 퇴사를 했다. 다양한 사람들을 만났다가 헤어

졌다. 여러 가지 사건을 겪었다. 당시 너와 했던 고민들은 다 지난 옛일에 불과하다. 그것들이 지금도 날 괴롭히지는 않는다. 첫사랑에 절절매던 아이는 이제 새로운 사람을 만나 나누는 사랑을 알아가고 더불어 살아가는 세상을 배운다. 그 안에서 잘못 만난 몇몇들에게 데이기도 했으나 좋은 경험이다. 상처에서만 그치지 않는 태도를 가졌다. 머물러 있으면 고여있기 따름이니까. 비워두고 전진해야 한다. 너도 그렇게 되었으려나.

난 이제서야 본인의 잘못을 인정한다. 상황이 그랬으니까, 란 핑계는 하지 않겠다. 구차하게 굴지 않는다. 미안하고 미안하며 너의 안온한 삶을 말없이 바라겠다. 이 마음이 전해지기를 꿈꾸지도 않는다. 네가 술에 만취하여 기절까지 했던 날을 반복하지 않았으면 한다. 이미 그런 삶을 살고 있다면 우리 영원토록 닿는 날이 오지 않아도 괜찮다. 아프지 않을 것 같다.

나를 잘 돌보며 살아가기

비록 지금은 하루 간격으로, 아니 불과 몇 분 이내 '잘 살고 싶음'과 '잘 망할 것 같음'이 엎치락뒤치락하는 변덕스러운 마음이다. 신경은 날이 갈수록 예민해지고 작은 일들에 일희일비하지 않기로 했다만 걸핏하면 울적해지기 십상이다. 기본적으로 우울이라는 감정이 베이스로 깔려있는 것도 같다. 마음의 여유가 없다는 말은 어쩌면 핑계일지도 모르겠다. 하지만, 내게 벌어졌던 지난 과거들로 인하여 무너진 속내를 재정비할 시간이 턱없이 모자랐던 건 맞다. 기계도 고장이 나면 손을 봐야 한다. 하물며 사람이라고 그렇지 않다고 할 수 있을까?

그럼에도 인생을 살아간다. 나는 나와 싸워가며 잘 지내보기 위해, 매일이 전쟁이다. 스스로를 달래고 이겨내야 한다. 무기력해지는 몸뚱이를 이끌고 나가야 하고 타인들 앞에서는 멀쩡한 척 제법 자연스러운 연기를 해 보여야 하며, 설령 행인이 많은 장소에서 눈물이 터진다 한들 쓱 닦고서 집으로 걸어가야 한다. 이유는 단 하나이다. 나에게는 사랑하는 사람들이 있고, 이들을 지키기 위해 나를 지켜야 한다는 까닭이다. 유난스러운 마음과 유달리 괴로웠던 과거를 끌어안고서 계속해서 앞으로 전진한다. 조금 속력이 나지 않아도 머잖아 괜찮음에 도달할 거란 희망을 갖는다. 나는 나와 잘 지내보아야 한다.

행복에 집중하기를

어쩌다 나름의 괜찮은 삶을 살고 있다고 할 수 있 겠다. 대개 억울한 일들과 과거의 기억들이 나를 못 살게 굴며 입과 코를 막으려 할 때엔 일순간 멍해지 곤 하나, 그럼에도 불구하고 요새 잘 먹고 잘 웃고 잘 잔다. 악몽을 꿔도 금방 옆에 놓인 베개를 끌어 안은 채 도로 잠을 청하고 기분이 안 좋을 법한 상 황에서도 곧장 태도로 이어지지 않게 노력한다. 다 양한 사람들과 대화를 나누며 새로운 관계를 형성 해 가는 일에 기피하거나 쓸데없이 경계하는 점을 줄였다. 그리고 또 한편으로는 굳이 이미 녹슬어버 린 인연을 끌고 가기 위하여 애쓰지 않게 되었다.

집으로 돌아와 침대에 누우면 최대한 감성적으로 되는 상태를 멀리하기 위해 일부러 즐거운 영상을 찾아보도록 하고 재미난 일화를 상기시키려 한다. 릴스나 숏츠를 보며 깔깔대는 경우가 많다. 원래 같으면 주야장천 슬픈 음악과 글들을 찾아보며 한없이 가라앉으려 했을 테지만, 지금은 한 방울의 울적함도 내게 허용해서는 안 될 것 같은 느낌에 요리조리 피하고 있다. 내면에서 오는 소리는 대부분 우울과 불안이다. 그렇기 때문에 외면하며 귀 기울이지 않는다. 트라우마가 되어버린 사건들이 불현듯 머릿속을 가득 메울 타이밍에도 잠깐 넋 놓았다가 너털웃음을 지어버리고 만다.

최고로 행복한 시간을 정해보기도 했는데, 그것은 바로 '동생과 기타를 치며 노래를 부르는 순간'이다. 잘하든 못하든 간에 방안에 울려 퍼지는 통기타 소리와 가사를 보며, 따라 불러보는 우리의 음성이 뒤섞여 마음의 안정을 불러와 준다. 그래서 최근엔 동영상으로 남겨두기까지 했다. 과거로부터 현재로 오는 과정이 결코 쉽지 않았다. 누구에게나 터놓고 이야기할 수 없는 묵직함으로 홀로 해결하고 감당해야 했던 나를, 선뜻 두 팔 벌려 안아주고 싶기도 하고 서먹하게 멀어지고프기도 하다.

게다가 앞으로 나아질 거라는 보장도 없다. 더 나
빠지지 않기를 바랄 뿐이다. 다만 내심 원하기를,
내가 누군가한테 힘이 되거나 한 번이라도 위안이
될 경우 내게도 좋은 일이 일어나지 않을까,이다.
물론 사람이 사람을 구원할 수 없다 한다만… 내가
선한 영향력을 베풀 시 돌아오는 것 또한 선함일 거
라 믿는다. 사랑이 이기고 사랑으로 이겨낼 거다.
할 수 있다.

기분아 좋아져라 얍

기분 좋아질 법한 일들을 하나둘 실행에 옮겨볼까? 거창하고 근사한 게 아니어도 돼. 그냥 하루의 마무리 끝에 내가 가장 아끼는 이에게 전화를 걸어 오늘은 별일 없었냐는 질문을 건네는 일. 욕조 안에 좋아하는 향의 입욕제를 넣고서 뜨끈한 물에 몸을 데우는 일. 누군가의 취향이 잔뜩 묻은 듯한 카페에 가 앉아 책 한 권을 읽는 일. 이것마저도 힘이 든다면 그저 커피 한 잔 시켜놓고서 창밖을 내다보는 일. 버스를 타고 가다가 도착지와는 조금 떨어진 정류장에서 내려 바람과 공기를 만끽하며 걸어가 보는 일. 제일 좋아하는 음식을 시켜 먹는 일. 평소 살까 말까 망설였던 물건을 구매해 보는 일. 하늘을 올려다보는 일. 방 안 창문을 활짝 열어놓고서 음악을 크게 튼 뒤 따라서 흥얼거려보는 일. 아끼는 이

들에게 편지를 쓰거나 대뜸 사랑한다는 메시지를
보내보는 일.

　따지고 보자면 나의 행복은 지극히 나만의 몫이
라서. 다른 누가 대신해서 찾아주고 느껴줄 수 없
는 것이라서. 작고 소소한 일들에서 여유를 발견하
고 만족감을 늘려가는 연습을 하는 것도 나쁘지 않
다고 봐. 오늘을 큰 탈 없이 살아갈 수 있음과 이 선
명한 계절의 변화 아래 숨을 쉬고 있단 것이 얼마나
대단하고 감사한 일인지. 그렇지 않니?

울곳

기한 없는 공허를 어떤 식으로 극복해야 하나요. 회색빛깔의 동네. 비는 내리지 않고 습도만 높다. 오늘 아침엔 동생이 날 깨웠다. 벌써 시간이 열한시 반이 넘었다며 언제까지 잘 거냐고 꾸지람을 놓았는데, 막상 기상해 보니 시간은 열 시도 채 되지 않았다. 같이 놀고 싶었나. 귀여웠다. 함께 먹을 노브랜드 햄버거를 주문했다. 별다른 얘기는 하지 않고 장난만 쳤던 거 같다. 후로는 씻고 나갈 채비를 마쳤다. 집 앞 스타벅스에 가서 일본어 공부를 할 계획이었다.

여러모로 기분이 말썽이다. 이주 정도 열심히 한 하루에 열 개씩 일본어 단어 외우기는 순탄하지가 않다. 분명 복습도 했는데 돌아보면 백지상태였다.

취미라 하기는 했지만 어지간히 답답스러웠다. 동생이 개구진 음성으로 아빠에게 물었다.

"누나는 누구 닮아서 이렇게 멍청하지?"
곧이어 단호한 대답이 들려왔다.
"인마, 닮긴 누굴 닮아! 돌연변이지."
으하하하. 흩어지는 웃음소리.

작년 겨울 무렵이었나. 그때도 일본어 공부를 한다고 까부느라 이곳 스타벅스에 왔었다. 동생과 마주 보고 앉아 동생도 공부를 했던 거 같다. 한데 자리에 앉은지 한 한 시간가량 흘렀을까? 옆자리에 앉아 있던 여자가 서럽게 울기 시작했다. 제 앞에 노트북을 두고서 일을 하는 건지 무엇을 하는 건지 도통 모르겠다만 연신 눈물 세례였다. 진짜로 어설프게 우는 게 아니라 흐엉엉, 울었다. 울면서 키보드 자판을 두드렸다. 이별하는 중인가? 동생이랑 난 어쩔 줄 몰라 하며 그 여자를 힐끔거리지 않기 위해 최대한 시선을 테이블에 고정시켰다.

여자의 흐느끼는 소리는 우리가 머물렀던 세 시간 동안 지속되었다. 무엇이 그녀를 사람 많은 카페 한가운데에서 울게 만들었을지 문득 궁금하다. 마땅히 울 곳이 필요했을 수도 있겠다. 하기야 나도 가족의 눈을 피해 바깥에서 종종 울었다. 집에서 울게 되면 다들 걱정할 테니까, 그게 뻔해서 버스, 음식점, 카페, 공원, 골목길 등등에서 숱하게 눈물을 닦았다.

엥 지금도 갑자기 눈물이 나네.
바로 어제 우는 횟수가 줄었다고 적었는데.

씩씩하게 손등으로 닦아내고서 아무렇지 않은 척했다.

몽

어려서부터 편히 잠을 이룰 수가 없었다. 영유아기 시절에는 엄마가 나를 업은 채 벽에 기대어 잠에 들었다고 했다. 내가 잠에 들었다 싶어 조심스레 베개에 머리를 뉘면 귀신같이 알아채고서 깨어나 울어댔기 때문이라고 했다. 이토록 예민한 기질을 타고났다. 유치원에 들어서서는 더욱 심각했다. 하루도 조용할 날이 없었다. 매일 아침이 전쟁이었다. 유치원을 가지 않겠다고 목청껏 울어대는 나와 그런 나를 달래며 긴 머리카락을 양 갈래로 가지런히 묶어주던 엄마. 그도 그럴 것이 나는 엄마와 떨어진다는 사실 자체를 극도로 무서워했다.

엄마는 몰랐을 테지만 나는 일주일에 7번 악몽을 꿨다. 그러니까 즉, 하루도 빠짐없이 악몽에 시달렸다는 소리이다. 게다가 악몽의 내용은 잔혹했다. 그저 그 어린 나이대에 맞는 귀여운 꼬마 유령이나 호박 귀신 따위가 나오는 것이 아닌 주변 사람들이 참혹하게 죽어가는 내용이었다. 가장 기억에 남는 건 내 주변인 중 한 명이 쇠사슬에 묶여 있고 그 위로 가시가 마구 달린 커다란 쇳덩이가 휭휭 소리를 내며 흔들리다가 결국은 그 사람 위로 떨어져 깔려 죽는 것이었다. 또 덧붙여 보자면, 당시 제일 친했던 친구가 유령이 되었고 몸이 투명해진 상태로 나를 찾아와 자신의 엄마를 찾아달라 했다. 하지만 이윽고 맞이하게 된 건 친구 엄마의 시신이었다.

  이렇듯 꿈의 내용이 대부분 말도 안 될 정도로 잔인했다. 겁이 많아 공포물 같은 건 얼씬거리지 않았음에도 말이다. 그래서 엄마의 품을 파고들 수밖에 없었다. 엄마와 떨어지면 더더욱 불안 증세가 심해질 수밖에 없는 노릇이었다. 유치원에서 선생님이 아이들을 혼내기 위해 "오늘 집에 안 보낼 거야!" 거짓으로 하는 말에도 다른 애들은 다 콧방귀를 뀌는데 나 혼자 심각해져서 엉엉 울었다. 심지어 더 어린 나이에는 엄마가 잠깐 은행을 다녀오겠다며 밖을 나섰는데 그새를 못 참고서 뛰쳐나가 하마터면 나를 잃어버릴 뻔했다고 했다. 그때 엄마가 은행을 나와 선 횡단보도에서 울고 있는 나를 마주쳤기에 망정이지 안 그랬으면 난 영영 미아가 되었을 거라고. 엄마는 아직도 그날 그 순간 심장의 철렁거림을 잊지 못한다고 했다.

*

초등학교를 입학하고 성인이 되어 스물한 살이 되는 해까지 엄마와 잠을 잤다. 나의 악몽의 특징 중 하나는 꿈에서 깨어났다가 다시 잠들 경우 그 꿈을 이어서 꾼다는 점이었다. 그로 인해 난 초등학생 때 자다가 일어나 그림을 그렸다. 꼭두새벽 출근 준비를 하던 아빠가 다시 들어가 자라 해도 꿋꿋이 거실에 엉덩이를 붙이고 앉아 졸린 눈을 껌뻑이며 티브이를 보든가 엄마의 무릎을 베고 누워 있든가 했다. 그러다 보면 날이 밝아왔다. 그러면 조금 두려움이 걷혔다. 그렇게 커서도 난 엄마 옆에 딱 달라

붙어 매미처럼 잠을 잤다. 불을 끄면 크게 들리는 갖가지 소리들에게서 무신경해지려 엄마를 세게 안았다. 세 살 어린 동생도 혼자서 잘만 자는데 이러한 면에서 난 문제아였다. 그리고 웃긴 건, 엄마랑 대판 싸우고 나서도 잠은 옆에서 잤다는 것이다. 엄마는 얼마나 미웠겠는가.

스물여덟이 된 현재, 지금은 매일 같이 악몽만 달고 사는 건 아니다. 여전히 1년 365일 중 360일 정도 꿈을 꾸긴 한다. 그러나 그게 다 악몽은 아니라는 뜻이다. 어제는 멀어진 초등학생 시절의 친구가 꿈에 나왔다. 난 그 친구를 붙잡고서 하염없이 눈물을 흘렸다. 그 친구에게 왜 나를 버려두고 갔어야만 했는지, 여태 묻고 싶었던 말을 내뱉어야 하는데 자꾸만 뭉개지는 발음으로 인해 의사 전달이 제대로 되지를 않았다. 그 친구는 왜 내게 울기만 하느냐고 물었다. 이전과 같이 햇살처럼 웃어주었다. 난 네가 떠나고 나서 세상만사 시시하고 공허하기만 한데 그 친구는 아무렇지 않아 보였다. 변함없이 귀티 나고 풍족해 보였다. 나도 모르겠어. 그렇지만 눈물이

나. 친구는 나를 살포시 안아주었다. 느껴지지 않는 온기에 놀라서 깨어났다.

아마 그 친구는 내가 힘든 시기마다 찾아오는 것도 같다. 내 꿈에 방문하여 나를 위로해 주고는 아무런 흔적도 없이 사라져 버린다. 눈을 뜸과 동시에 마주한 천장엔 현실만 가득해서 눈물이 가득 맺혔다. 그 친구가 나를 기억이나 할지, 까맣게 다 잊었다 치면 이건 너무나도 불공평한 건 아닌지. 짧은 이름을 고이 접어 삼켰다. 이 친구 외에도 내 꿈엔 나를 떠나간, 떠나보낸, 나를 망가뜨린 요주의 인물들이 간간이 꿈에 비친다. 이 또한 악몽인가. 이러한 꿈도 악몽이라 분류해야 하나, 쓸쓸해진다. 꿈 없이 자고 싶다. 어스름한 새벽, 그만 깨어나고 싶다. 엄마가 누운 곳 옆으로 기어들어가 중얼거린다.

"엄마, 나 무서운 꿈 꿨어. 재워줘."
엄마는 내게 제일 안전한 곳, 방공호였다.

분명 좋은 날이 올 거야

무슨 일 있었는지 굳이 묻지 않을게. 말해줄 만한 상황이었더라면 네가 진작에 알아서 털어놨을 것이 뻔하니까. 그런 식으로 입 꾹 다물고 죽상이 되어 있다 해도 뭐라 나무라거나 서운하다고 하지 않을게. 그래도 난 가급적이면 네가 나아질 기척을 냈으면 해. 부정적인 생각들에 잠식당하지 않고서 이겨내 보려고 힘써줬으면 좋겠어.

밥 잘 먹고. 영양제 잘 챙겨 먹고. 운동도 좀 하고. 사람들도 만나고. 좋아하던 취미생활도 다시 해보고. 카페 가는 일도 즐겨 했잖아. 건너편에 네가 마음에 들어 할듯한 카페들도 새로 생겼던데. 여기저기 예전처럼 돌아다녀 보자. 그러다 지치면 집으로 돌아와 한숨 푹 자고. 괜히 새벽까지 궁상떨고 그러

진 말고. 최대한 나쁜 생각을 하지 마. '만에 하나'이
런 거 우리 하지 말자.

분명 좋은 일들만 가득할 거야, 앞으로는.

보고 있어?

　그래도 네가 있다고 생각하면 버틸 수 있었어. 하루가 멀다 하고서 빠르게 변화하고 적응해 내기 바쁜 이 세상 속에서, 등 뒤로 서로를 헐뜯고 미워하기를 취미 삼는 이 지구상에서. 네가 어디선가 보고 있다고 여길 경우 이상하리만치 힘이 났어. 구부정하게 있다가도 바른 자세로 허리를 꼿꼿이 세울 수 있었고. 밥알을 먹는 둥 마는 둥 깨작거리다가도 한 술 크게 떠서 입에 넣고 오물오물 씹었어. 호르몬 탓인가, 계절 탓인가, 눈물이 날 때는 그냥 쓱 닦고서 개의치 않아 할 수 있었고. 악몽을 꾸고 난 새벽에는 놀란 가슴 쓸어내리며 이윽고 도로 잠에 빠질 수 있었어. 아무렇지 않았어.

정말이지,

저기 어디쯤에서 네가 나를 기다리고 있을 거라 생각하면 어수선한 마음이 곧잘 반듯해졌어.

결코 불행하지 않았어. 든든했어.

우리는 사랑해야 사람이 된다

사랑을 계속해서 잘해보고 싶다. 서로의 호흡이 자꾸만 엇나갈 때 우리는 사랑을 말하기를 주춤한다. 괜히 섣불리 사랑이라 입 밖으로 내뱉었다간 거대한 책임감에 눌려버릴 듯한 기분이 들기 때문이다. 과거엔 사랑을 함부로 마구 발설하고 다녔던 것 같다. 딱히 사랑이었던 것도 아녔는데 사랑한다고 했다. 이미 진짜 사랑을 경험한 후였기에 그들을 대하는 태도에 있어 난 가짜나 다름없는데도 굳이 굳이 사랑인 척 연기하려 들었다.

당시엔 꼭 그래야만 채워지는 무언가가 있다고 여겼다. 사랑을 연기할 경우 사랑이 사랑이 될 거라 생각했다. 사랑을 말하고서 사랑을 세뇌 시켰다. 스스로한테 그랬다. 그게 건강하지 못한 사랑이란 건 시간이 지난 한참 후에서야 비로소 깨닫게 된다. 특별한 계기라 할 건 없었다. 적을 소재거리도 되지 못한다. 다만 사랑을 연기하지 않기로 마음먹은 후로는 사랑을 대하는 면에 있어 더더욱 진중해졌다. 입이 무거워졌다. 사랑한단 말을 들어도 내가 정말 정말 정말로 사랑한다는 것을 실감하기 전까진 벙긋하지 않았다. 끊임없이 질문하는 얼굴에 대고 웃음으로 무마했다. 어물쩍 넘어가기 일쑤였다.

거짓으로도 사랑을 말할 순 없었다. 사랑의 깊이와 무게를 알았다. 그건 첫사랑이 지나가고 맞이한 다음 사랑으로 인한 것이었다. 사랑이 나를 어떻게 움직이게 하는지. 어떤 식으로 변화시키는지. 사랑을 겪어본 이들은 결코 사랑을 가벼이 여길 수 없다. 입술이 파르르 떨리고 손끝이 파리해지며 심장은 금방이라도 생을 다할 듯 벅차오름을 경험해 보아야 한다. 이 사람 없으면 안 될 것 같고 이 사람 아니면 안 될 것 같음, 그 이상. 절실해져 본 적이 있나?

사랑의 사전적 의미는 '어떤 사람이나 존재를 몹

시 아끼고 귀중히 여기는 마음. 또는 그런 일.'이다. 사랑이 무엇이냐 물으면 난 늘 동일하게 대답한다. 전부. 아낌없이 주고자 하는 것. 조건이 없다는 전제하에 이루어진다. 사랑은 사람을 제일 바닥으로 끌고 가기도 한다. 한 대상이 내 인생에 개입되는 거다. 원하든 원하지 않았든 간에 벌어진다. 마음이란 땅에 사랑이란 씨앗이 떨어져 내리고 무럭무럭 자라나 걷잡을 수 없는 지경에 이른다. 그러면 게임 끝이다. 마냥 아파하는 수밖에 없는 건 아니다만 그게 일방적일 경우 아파하지 않을 순 없다. 요컨대 깊이가 상당히 깊어진다면 말이다.

아울러 사랑은 한 사람에게 내 세계를 장악할 권력을 쥐여주는 행위이다. 그 인물의 말마따나 뒤바뀐다. 장대한 영향력을 미친다. 사랑이 밥을 먹여주진 않지만 밥을 먹게 하기도 한다. 밥을 먹지 않게 하기도 한다. 걷지 않아도 될 길을 기어코 걷게 하기도 하며 병들게 했다가 병이 낫도록 했다가 숨을 참고 싶도록 했다가 숨을 쉬게 만들기도 한다. 호흡이 되어 삶의 곳곳에 스며든다.

이따금 사랑은 정신병 같기도 하다. 하루 종일 기분이 멋대로 오르락내리락하고 온 신경이 곤두서 있으니 감정적 소모와 체력적 소모도 엄청나다. 에너지 분산이 골고루 분포되지 않아 피로해진다. 연애를 하는 면에 있어서도 곁에 있으면 감정이 불꽃 튀고 맞춰가는 단계에 있어 다툼이 있을 수 있으니 쉽게 체력을 다하는 경향도 없잖아 있었던 것 같다. 사랑은 사람의 평정심과 밸런스를 무너뜨리는 데에 있어 과연 최고이지 않을까 싶어진다.

하지만 사랑에 있어서 좋은 점도 다분하다. 배우고 깨닫게 되며 제일 성장에 한몫하는 것 같다. '나에게 이런 면이 있었나?' 자신도 모르던 본인의 모습을 발견하게 하고 그 사람에게 있어 좋은 사람이 되기 위한, 나를 더 나은 사람으로 가꾸도록 한다. 한 사람을 위한 배려를 배우고 존중을 배운다. 그리고 이게 곧 다수에게로 확장될 수도 있다. 우리는 그렇게 한 사람을 오래 골몰할 경우 결국 사람이란 존재를 이해하고 받아들이는 법을 배우는 것이다. 아울러 살아간다.

사랑을 해본 이와 해보지 않은 이는 확연한 차이가 있다. 사랑을 줘보기만 한 이와 받아보기만 한 이도 다르다. 주기만 한 이는 받는 법을 모르고 받아보기만 한 이는 주는 법을 모를 수도 있다. 사랑은 주고받음이 오갔을 시 결핍이 채워진다. 충만해진다. 만일 공허하다면 현재 내가 건강한 사랑을 주고받고 있는가? 의심해 볼 필요가 있다.

지금으로써의 난 비로소 헛헛함을 바꿔가고 있는 느낌을 받는다. 장기간 동안 텅 비어 있던 냉장고 안을 이제야 하나씩 채워가고 있는듯하다. 머잖아 능숙하게 요리도 할 것 같다. 이만큼 나를 채우고 일으켜준 나의 사랑들에게 감사하다. 사랑하지 않았더라면 평생 모르고 살았을 법한 여러 감정들을, 살아생전 경험해 볼 수 있었단 건 운이 좋았다고 해도 무방하지 않을까? 앞으로도 사랑과 사람, 전부 잘해볼 작정이다. 우리는 오늘도 내일도 온 힘을 다해 사랑해야 한다.

사랑해!
더 이상 사랑으로 오는 모든 것들이 두렵지 않다.

작가의 말

사랑과 사람에 대하여 구구절절 떠들고 싶었다. 그
래서 첫 페이지부터 하여 마지막 페이지까지 사랑,
그리고 사람 없인 흘러가지 않는 이야기들을 적어내
고 싶었다. 누구는 사랑과 사람 타령을 제외한 것들
을 얘기할 수 있어야 한다고 했다만 도무지 내 삶은
그것 외엔 심드렁한 터인지라 더 할 말이 없었다.

사람에게 상처받고 사람을 통해 치유받는 우리.
"그럼에도 불구하고 사랑은 우리를 살아가게 할
테니까요."

최대한 많은 사람들한테 다정하고자 했다. 상냥
함을 넘어선 무해한 것들을 주고자 하는 마음이었
다. 그러나 의도치 않게 상처를 주고받아 빈번히 실

패했다. 때문에 어느 일정 시기 동안은 이러한 반복
이 진저리 나는 바람에 아예 사람을 기피하고픈 때
도 있었다.

  하지만 <들어가며>에서 말했듯이 모든 나의 절
망과 좌절의 순간 어찌 되었든 간에 날 일으켜준 건
다름 아닌 사랑, 사람이었다. 상대로부터 건너오는
애정 어린 말과 행동들을 눈치챌 때면 더할 나위 없
이 포근해진다. 한창 추위에 벌벌 떨다가 마주한 따
뜻한 코코아 한 잔 같은 폭닥폭닥함스럽달까.

  그로 인해 난 여전히 사람이 궁금하다. 좋은 사람
을 만나면 그들이 살아온 삶이 궁금해진다. 이 사람
은 어떠한 인생을 어떠한 태도로 보내왔을까, 자잘
한 것들까지 세세하게 질문하고 싶어진다. 내게 누
군가와 가까워지고 싶다는 소리는, 그 사람의 인생
을 알고 싶다는 뜻이다.

  이 책을 통하여 당신도 모쪼록 다시 한번 더 속는
셈 치고서 사람을 사랑해 보거나 누군가를 용서할
용기를 얻기를 바란다.

당신에게 무해한 사랑을 보내요

초판 1쇄 발행 2024년 11월 18일
초판 1쇄 인쇄 2024년 11월 18일

지은이·그림 주또

디자인   주또, 포레스트 웨일
펴낸곳   포레스트 웨일
출판등록   제2021-000014 호
주소   충남 아산시 아산로 103-17
전자우편   forestwhalepublish@naver.com

종이책   979-11-93963-63-0

작가님들과 함께 성장하는 출판사
포레스트 웨일입니다.
작가님들의 소중한 원고를 받고 있습니다.
forestwhalepublish@naver.com